KB153552

東京都同情塔

도쿄도 동정탑

東 京 都 　 同 情 塔

구단 리에
장편소설

김영주
옮김

문학동네

바벨탑의 재현. 심퍼시 타워 도쿄의 건설은 머지않아 우리의 말을 어지럽히고 세계를 혼란스럽게 할 것이다. 다만 이 혼란은 건축기술의 발전으로 오만해진 인간이 하늘에 가까이 다가가려다 신의 노여움을 샀기 때문이 아니다. 저마다 이기적인 감성으로 말을 남용하고 날조하고 확대하고 배제한, 그 당연한 귀결로 서로의 말을 알아듣지 못하는 것이다. 입에서 나온 모든 말은 타인이 이해할 수 없는 독백이 된다. 독백이 세상을 장악한다. 대 독백의 시대가 도래했다.

흐릿하게 몸이 반사되는, 잘 닦인 욕실의 검은색 타일 벽면에서 나는 또하나의 미래를 보고 있다. 건축가에게는 미래가 보인다. 보려고 하지 않아도 미래는 언제나 스스로 건축가 앞에 모습을 드러낸다.

심퍼시 타워 도쿄?

이름에 대해 고민하는 건 물론 건축가가 하는 일의 범주를 넘어선 것이고, 의문을 품어봤자 상황을 바꿀 권한도 없다. 그럼에도 수압 센 샤워기의 물줄기를 얼굴에 맞는 순간,

심퍼시 타워 도쿄,

라는 소리와 문자 배열, 의미, 타워 주변을 둘러싼 권력 구조 등 그 모든 것이 궁금해지기 시작했고, 더는 원래대로 돌아갈 수 없게 되었다.

그때까지 나의 내부에서는 그것을 그저 '타워'라고 불렀고, 아무 부족함이 없었다. 공모전 참가 제안을 받은 후에도 사무실에서는 '예의 그 타워'로 얘기가 통했다. 앞으로 '타워'가 무엇으로 불리든, 이색적인 명칭 후보가 몽땅 나와 세간을 떠들썩하게 하든, 알 바 아니다. 그것은 이미 내 안에서 '타워'로 고정되어 '타워' 그 이상도 이하도 아닌 탑이어야 했다. '타워' 이외의 의미를 부여하지 않으며, 타워 프로젝트의 내용에는 관여하지 않겠다고 나는 이미 심의하고 선

택까지 마친 단계였다. 설계 공모전의 참가 조건에 건축가가 타워 프로젝트에 동의하는지 여부는 포함되지 않았다. 그럼에도 불구하고 '타워'가 별안간 '심퍼시 타워 도쿄'로 대체되자, 그것은 갑자기 질감을 얻어 끈적끈적하게 나의 뇌 주름에 달라붙었다. 아무리 물을 뿌려도 떨어지지 않는다. 경험상 이건 매우 나쁜 징조다.

미쳤다. 무엇이? 머리가 미쳤다. 아니, '머리'라고 하기엔 범주가 너무 넓은가? 아니, 오히려 좁지. 게다가 '머리가 미쳤다'라고 하면 정신장애인에 대한 차별 표현으로 받아들여질 수도 있다. 여기서는 '네이밍 센스' 정도가 좋겠다. 그럼 누구의? 누구의 네이밍 센스가 미쳤지? 일본인의. STOP. 주어의 크기에 주의 바람. OK, 그러면 '전문가'로. 자물쇠로 잠긴 내 머릿속에 아무도 넣었을 리 없는데 자동 모드로 단어 선택에 대한 검열 기능이 바쁘게 작동한다. 나도 모르는 사이 성장하고 있는 검열관의 존재에 피로를 느끼고, 에너지 충전을 위해 급히 수식이 필요해진다. 수식에는 오직 정답이 하나뿐이다. 숫자의 입장을 이것저것 고려해 정답을 고쳐 쓸 필요가 없다. 숫자라는 세계 공통 언어의 신뢰성과 평등성이 그립다. 하지만 욕실 어디에도 수식은 보이지 않는다. 여기에 있는 건 '심퍼시 타워 도쿄' '바벨탑' '전문가'다.

그런데 '전문가'들이 모여 머리를 맞대고 지혜를 짜내 열심히 논의했을 그 결과가 어째서 리조트 호텔 같은 어감의 단어에 도달한 걸까? 큰일났다, 하고 자연스럽게 말이 나온 이상 역시 나는 그 사실을 네거티브하게 받아들이고 있다. '네거티브'? 그런 간단한 단어로는 턱없이 부족하다. 내 직감은 NO를 외쳐댄다. 이 세상에 존재해서는 안 되는 것이라고 생각한다. '심퍼시 타워 도쿄'가 몸안으로 들어오는 것을 온몸이 거부하고 있다. 그래, 아까부터 무언가와 비슷하다고 생각했는데, 이건 마치 강간당하는 기분이다.

나는 오랫동안 꺼낼 필요를 느끼지 못했던 기억을 샤워기가 내뿜는 백색 소음의 틈새에 늘어놓아본다. 나는 강간을 당했다. 실제로, 나보다 힘이 센 남자가, 고등학생이었던 나의 몸을 넘어뜨리고 덮쳤다. 그렇더라도 지금의 나와는 다른 종류의 호기심과 피부결과 욕망을 가진 그 여자아이를 여기 있는 중년의 여자 건축가와 연결짓는 게 지나치게 현실을 왜곡해버리는 일 같기도 하다. 지금의 나는 어중간한 길이의 흰 양말에 로퍼 같은 건 죽어도 신지 않는다. 그녀에 대해서는 일단 다르게 부르기로 하자. 단순한 이름이지만 수학을 좋아했으니 '수학 소녀'라고. 수학 소녀는 강간을 당해서 "강간당했다"라고 주장했지만, 그녀를 강간한 남자와 그녀의 얘기를 들어준 사람들은 "강간이 아니었다"라고 판단했다. "강간이 아니"라고 한 이유는, 강간한 남자가 수학 소녀의 연인이고 수학 소녀가 좋아하는 남자이며 수학 소녀가 그 남자를 집에 초대했기 때문이라고 했다. 수학 소녀는 좋아하는 남자에게 당한 그 행위가 강간이라고 누구나 인정하게 만들 만한 말을 갖고 있지 않았다. 따라서 그녀는 강간을 당한 적이 없는 것으로 되었다.

그런 까닭에 나는 실제 강간 피해자의 아픔을 모르는 셈이다. 그런 나에게 "강간당하는 기분"이라고 말할 자격은 없다. 경솔하고, 진짜 피해자에 대한 배려가 부족한 것이다. 하지만 설령 부적절하게 과장된 표현이라 할지라도 '심퍼시 타워 도쿄'의 등장으로 인해 몸이 강제로 쓰러지고 능욕당해 더럽혀져감을 느끼는 여자가 여기에 있는 것도 엄연한 사실이다. 만약 언젠가 정말로 내 몸의 동의 없이 '연인도 아니고 좋아하지도 않는 남자'에게 능욕을 당하는 날이 온다면, 지금 내가 느끼고 있는 육체 감각은 전혀 엉뚱한 것이었다고 반성하게 될지도 모른다. 혹은 진짜 강간의 고통을 알게 되면 공개적인 자리에서 당당하게 "강간당하는 기분이다"라고 발언할 자격이 주어질 수도 있다. 그리고 당사자가 됨으로써 그것이 심퍼시 타워 도쿄에 이의를 제기할 설득력 있는 강력한 재료가 될 수 있을지도 모른다. 아니, 지금부터 끔찍한 일을 겪어 진짜 당사자가 될 필요는 없다. 성인이 되어 맨발에 이탈리아제 펌프스를 신고 있는 나에게는 말도 있고 지혜도 있다. 즉, 나를 "강간하지 않았다"라고 말한 그 남자를 '좋아했던 남자'가 아니라 '좋아하지 않았던 남자'로 바꾸고, "강간하지 않았다"를 지금부터 "강간했다"로 하면 된다.

됐지?

샤워기로 가볍게 땀만 씻고 나갈 생각이었는데 몸이 더러워진 느낌 때문인지 어느새 머리를 감고 온몸을 구석구석 닦고 있다. 집에서 샤워할 때는 대체로 녹초가 된 심야라 설거지와 다르지 않은 헹굼 작업으로 피부 표면에 바디워시를 묻히고 씻어낼 뿐이지만, 처음 묵는 호텔의 샤워기가 '몸 씻기'를 의식적인 행위로 바꾸고 있다. 샤워헤드의 물줄기는 네 가지 모드로 변환할 수 있었다. 나중에 샤워헤드 브랜드의 홈페이지를 보니, '미스트 모드'에는 울트라파인버블이라는 최신 기술이 탑재되었다고 쓰여 있었다. 일반 샤워헤드의 포말이 직경 0.3밀리미터인 반면, 울트라파인버블이 탑재된 샤워헤드의 포말 크기는 0.000001밀리미터로 '유례없는 초미세 포말을 실현'했다고 한다. 이 유례없는 포말이 피부의 각질층까지 침투해 모공 속 노폐물을 흡착할 뿐만 아니라 모발과 피부의 보습 효과도 높인다고 한다.

초미세 미스트가 피부를 어루만지는 부드러운 감촉이 몸을 씻는 행위의 목적은 육체를 청결하게 하는 것이고, 육체를 청결하게 하는 건 결국 모공을 청결하게 하는 것이었음을 확인시켜준다. 오늘날 위생관념이 있는 사람이라면 누구나 '양치질'의 본질은 '닦는 것'이 아니라 '치태 제거'에 있음을 알고 있다. 칫솔로 치아 표면을 닦기보다 치아와 치아 사이에 치실을 넣어 잇몸에 쌓인 치태를 제거하는 데 주력하는 쪽이 오히려 치주 질환과 충치 예방 효과를 높인다. 따라서 언제까지 구강 관리에 관해 '양치질'이나 '칫솔질' 등 잘못된 명칭을 계속 사용하는 건 다음 세대의 구강 환경에 도움되지 않는다. 다음 세대에 도움되지 않는다는 건 곧 미래에 도움되지 않는다는 뜻이다. 아직도 이 비극적인 상황을 바꾸려는 움직임이 없는 건 치과업계가 미래에 대해 고민할 마음이 없기 때문일까, 아니면 치과업계가 그리는 미래는 자신들의 이익을 지키기 위해 충치로 고통받는 환자를 계속 늘려나가는 것일까. 또 이권이야? 그래서 목소리가 큰 건 어느 단체지? 그건 그렇고, 그대는 이렇게 깊숙이 세정되기를 정말로 바랐던 건가요?

말 못하는 모공에 쓸데없는 질문을 던진 뒤, 생각은 다시 심퍼시 타워 도쿄로 향한다. 왜 심퍼시 타워 도쿄여야 하지? 심퍼시 타워 도쿄가 다른 명칭보다 적합하다고 판단한 이유는? 그리고 수건으로 몸을 닦을 쯤에는 주어의 크기를 조금도 고려하지 않은 하나의 결론에 도달했다.

일본인들이 일본어를 버리고 싶어하기 때문이다.

일본인이 일본어를 버리고 싶어하는 건 어제오늘의 얘기가 아니다. 1958년 일본 전파탑의 애칭으로 '도쿄 타워'가 선정된 건 명칭심사위원회 내부에 일본어를 기피한 일본인이 있었기 때문이다. 일반 공모에서 가장 많은 지지를 받은 것은 '쇼와탑'이었다. 그 뒤로는 '일본탑' '평화탑' '후지탑' '세기의 탑' '후지미탑'이 이어졌지만, 결과적으로 득표 수 13위의 '도쿄 타워'로 결정된 건 한 심사위원의 "'도쿄 타워' 말고는 없음"이라는 권위적인 한마디에 따른 것이었다. 가령 공평한 다수결에 의해 '쇼와탑'으로 결정됐다면, 분명 지금쯤 그 황적색과 흰색의 탑에는 버려진 과거의 유물처럼 케케묵은 느낌이 따라다녔을 것이다. 쇼와시대*에 태어난 사람이 시대에 뒤떨어진 상징으로 취급받기 시작한 것과 비슷한 현상이 일어났을 터. 결과적으로 지금은 대다수의 일본인이 '도쿄 타워'에 납득하고, 도쿄 타워가 아닌 다른 명칭은 생각할 수 없다고 여긴다. 강제적이었다고 할 수 있는 당시의 결정은 칭찬받아 마땅하다고도 말할 수 있다. 민주주의에는 미래를 예측하는 힘이 없다. 미래를 볼 수 없는 것이다.

나는 미래가 보인다.

---

* 쇼와 일왕의 재위 기간인 1926년 12월 25일부터 1989년 1월 7일까지.

아직 일어나지 않은 미래를 실제로 보는 것 같은 환시 현상이다. 아무것도 모르는 사람들은 이것을 재능이라느니, 초능력이라느니, 예술적 영감이라고 말하려 하지만 물론 단순한 직업병의 일종에 지나지 않는다. 한 번이라도 거대한 건축물을 설계해본 경험이 있는 건축가라면 누구나 같은 병에 걸린다. 다루는 건물의 규모가 클수록, 도시 경관에 미치는 영향이 커질수록 병이 진행된다. 한 번 지으면 돌이킬 수 없는 것을 구상하면서 '미래는 아무도 모른다'라고 느긋하게 잠꼬대하는 듯한 태도를 보이는 건 말이 안 되는 일이다.

환시를 이차원의 선으로 모사한 그림 중 99.9퍼센트는 이차원 세계에 머무른다. 정말로 '세상을 일으키기' 위해서는 당연히 환시를 그려내는 것만으로 부족하다. 건축가 앞에 출현한 아름다운 환상을 현실화하려면 실제적인 기능도 그에 못지않게 필요하다. 예산과 공사 기간을 계산하는 것. 권력에 바짝 다가가는 일을 부끄러워하지 않을 것. 그 건물이 그 형상이어야 하는 이유를 일반인도 이해할 수 있는 언어로 만들어내는 것. 이 기능 중 하나라도 빠졌다면 아마 나는 미술관 벽을 장식하는 그림쟁이라도 하며 살았을 것이다. 하지만 나에게 그런 일은 현실의 일이라고 말할 수 없다.

"가끔 개인전을 열자는 제의를 받기도 하지만 저는 회화 제작에는 관심이 없어요. 제 드로잉은 건축 구상을 위한 아이디어 발상에 지나지 않습니다. 포르노만 보고 '여자를 알았다'고 만족하길 바라지 않아요. 저는 어디까지나 실제 손으로 만지고 드나들 수 있는 현실의 여자가 되고 싶다는 뜻입니다. 내가 구축한 것 안에 타인이 드나든다는 감각이 제게는 최고로 기분좋은 일이에요."

인터뷰 등에서 드로잉과 건축의 차이를 설명해달라고 요구하면 나는 매번 이 은유를 써서 대답하던 시기가 있었다. 과장도 허세도 없이 자신 있게 내 생각을 솔직히 전달하기에 딱 맞는 표현이었고, 일련의 작업을 단적으로 이해시키기에도 매끄러운 답변이라고 생각했다. 하지만 며칠 후 올라오는 기사에는 예외 없이 그 부분이 잘려나갔기에 최근 오 년간은 그런 얘기를 하지 않았다. 편집자가 '중요하지 않다' '적절하지 않다' 혹은 '재미없다'고 판단했는지, 아니면 사무실 비서가 마키나 사라의 대중적 이미지를 고려해 상대측에 먼저 잘라내라고 지시했을지도 모른다. 어쨌든 마키나 사라라는 건축가가 실제로는 어떤 비전을 품고 일하는지 굳이 알릴 필요가 없다고 그들은 결론내린 것이다.

샤워헤드와 같은 브랜드에서 역시 보습 효과를 판매 전략으로 내세운 드라이어로 머리를 다 말린 뒤 가져온 요가 매트를 카펫 위에 깐다. 일을 시작하기 전의 루틴으로, 매트 위에서 긴 버전의 필라테스 동작→비요크의 〈Come To Me〉를 풀 코러스로 부르기→좌선하며 에로틱한 망상을 부풀리기→망상을 억누르기 위해 태양예배 자세 3세트→오리지널 만트라*를 천천히 8회 제창한다. "나는 나약한 인간입니다. 나는 나의 나약함을 알고 있습니다. 나는 나의 욕망을 완전히 통제할 수 있습니다. 나를 움직이는 것은 언제나 내 의지이며, 나는 나의 모든 말과 행동에 책임을 져야 합니다." 호흡을 가다듬고 오늘 하루도 일을 잘할 수 있기를 간절히 염원하며 스케치북을 펼친다. 빈 여백에 온 신경을 집중한다.

하지만 머릿속에 떠오르는 것은 여전히 말뿐이었다. 하는

---

* 불교 등에서 기도 또는 명상을 할 때 외우는 주문.

수 없이 머릿속의 쓰레기를 쓸어내듯 글자를 써내려간다. 노숙자＝홈리스. 육아 방임＝니글렉트. 채식주의자＝비건. 소수자＝마이너리티. 성적 소수자＝섹슈얼 마이너리티. 내 손으로 썼다고는 믿고 싶지 않은 글자들에 진절머리가 난다.

데생은 누구보다도 정확하게 해낼 자신이 있었고, 한자를 암기하는 것도 반에서 가장 빨랐다. 하지만 가타카나*를 쓰는 건 아무리 연습해도 소용없었다. 초등학생이나 외국인도 나보다 훨씬 잘 쓴다. 심지어 한 사무실 직원에게는 "정신 이상이 있는 엽기적인 연쇄 살인범이 쓸 법한 글씨"라는 평을 들은 적도 있다. 가타카나를 만든 이는 상종 못할 인간이다. 아름다움도 자부심도 느낄 수 없는 따분한 직선인데다 알맹이는 허접하다. 그런 주제에 어느 나라의 언어도 다 포섭하겠다는 뻔뻔함이 있으면서, 어디 한 획이라도 빠지면 그 즉시 막대기로 변해버리는 구조물에 애착이 생길 리 없다. 어떻게 해도 생리적 혐오감이 나의 가타카나를 왜곡시킨다. 몇 년 전, 도쿄에서 독립했을 때 건축 동료들이 국제공모전

---

* 외래어, 의성어, 의태어 등을 표기할 때 주로 사용하는 일본의 문자.

에서도 잘 통하도록 '사라 마키나 아키텍츠'를 강력하게 밀어붙이지 않았더라면 사무실 이름도 평범하게 '마키나 사라 설계사무소'로 했을 것이다. 가타카나를 쓸 기회를 함부로 늘리고 싶지 않다.

모자 가정의 어머니＝싱글맘. 배우자＝파트너. 제3의 성＝논바이너리. 외국인 노동자＝포린 워커스. 장애인＝디퍼런틀리 에이블드 퍼슨. 다자연애＝폴리아모리. 범죄자＝호모 미세라빌리스…… 엉성한 조립식 오두막집 같은 그 글자들을 차가운 생수에 띄워 입안에서 굴려본다.

외국어에서 유래한 단어로 바꿔 말하는 건 단순히 발음의 용이성이나 생략 때문인 경우가 있고, 불평등이나 차별적 표현을 회피하기 위함일 때도 있다. 그리고 어감이 순하고 완곡해져 모나지 않은 표현이 된다는 감각 차원의 이유도 있을 것이다. 고민될 때는 일단 외국어를 빌려 온다. 그러면 신기할 정도로 원만하게 해결되는 경우가 많다.

그러고 보니 사이타마 콘서트홀의 설계를 맡았을 때의 일이 생각난다. 내부 공간에 어떻게 시설을 배치할지 사무실에서 서로 의견을 나누던 중 모든 젠더의 사람들이 이용할 수 있는 화장실 구획에 '전성별 화장실'이라고 메모해뒀는데, 파일을 공유한 직후 '젠더리스 화장실'이라고 수정된 적이 있었다. 가장 나이 어린 어시스턴트가 고쳐 쓴 것 같았는데, 그녀—당시에는 그랬으나—는 그 이유를 "시류에 맞지 않고 엄밀함과 세련됨이 부족한데다 당사자에 대한 배려가 없기 때문입니다"라고 슬랙*에 썼다. 나는 무의식적으로 가타카나를 피하고 '남자 화장실' '여자 화장실'의 텍스트 레이아웃에 맞추기 위해 '전성별 화장실'이라고 적었을 뿐이라 이후 그 명칭을 '젠더리스 화장실'로 변경했다. 공간이 한정된 경우 글자를 가능한 한 작게 쓸 필요가 생기는데, 젠더리스인 사람들이 그렇지 않은 사람들로부터 배려 없이 '전성별'로 분류되는 고통에 비하면, 글자 크기를 신경쓰고 자신이 싫어하는 가타카나를 참고 써야 하는 건 당연히 고통 축에도 들지 않는다. 고통이라고 느껴서는 안 된다. 어느 화장실에 들어갈지를 한 번도 망설여본 적 없는 나는 어떤 표기를 채택하든 전혀 상처받지 않는다. 상처받아서는 안 된다.

---

* 업무 협업 등을 효과적으로 관리할 수 있는 생산성 플랫폼.

그럼 '심퍼시 타워 도쿄'는 어떤가?

스케치북을 온전히 올려둘 수 없는 호텔방의 작은 책상에서 물러나 침대에 몸을 눕힌다. 한숨과 심호흡이 담긴 숨을 함께 내뱉는다. 호흡하는 만큼 침대 위의 노트북이 기울고, 검열관을 호출해 머릿속에서 명칭 회의를 시작한다. 어쨌든 이것을 정리하지 않으면 일을 시작할 수 없을 것 같다.

그것은 예를 들어 '교도탑'(이라고 내가 임시로 부여한 대항 후보)보다도 시류에 어울리고, 엄밀함과 세련됨의 부분에서 뛰어나며, 당사자에 대한 배려가 두루 미친 이름인가? 평등성이라는 관점에서는 두 이름에 그만한 차이가 있다고 생각하지 않는다. 발음의 용이성은 어떤가? '교도탑'이 음절 수가 적은데다 어조도 좋은 듯 느껴지는데, 이것도 결국은 감각의 문제다. 감각의 문제에서 보면, 한자를 나열하는 것이 딱딱한 인상을 주어 랜드마크로서 친근함이 부족하다는 우려가 있을지도 모르겠다. 하지만 건물의 용도를 감안하면 조금이라도 '딱딱함'을 내포한 이름이어야 하지 않을까—거기에는 일종의 '무거움'이나 '엄격함'도 마땅히 포함되어야 한다—라는 것이 쇼와시대에 태어난 사람의 솔직한 감상이다. 혹은 1958년 당시의 다이쇼시대*나 메이지시대** 태생도 '도쿄 타워'에 비슷한 위화감을 느꼈을지 모른다. 그렇다면 나는 아직 미래를 충분히 보지 못하는 것이리라.

그처럼 집요하게 이름을 신경쓰는 것이 스스로도 기묘했다. 나는 언어 전문가도 카피라이터도 민족주의자도 아니다. 당연히 복역중인 지인도 없다. 다행히도―나는 이를 '다행'이라고 표현하는 것에 현재로서는 전혀 주저함을 느끼지 않는다―범죄 행위나 범죄자와 관련 없는 인생을 성실하게 살아왔다. 이번 타워 프로젝트에 확고한 의견이 있는 것도 아니다. 내 입장을 일일이 상세하게 트위터―'트위터'에 새로운 이름이 있는 것 같던데, 뭐였지?―로 표명하지 않을 수 없는 문화인이나 전문가 같은 인종―이 맥락에서 '인종'은 부적절한가? 뭐라고 해야 하지?―과도 다르다.

어쨌든 내가 생각해야 하는 것은 그릇이다. 그릇의 형상, 구조, 소재, 예산, 제작 기간. 그릇 안에 어떤 내용물을 담고 사상을 담을지를 결정하는 건 다른 사람의 일이다. 사회 문

---

* 1912년 7월 30일~1926년 12월 25일.
** 1868년 10월 23일~1912년 7월 30일.

제다. 나는 건축가다. 그런 건 내버려두면 된다.

그건 그렇다 쳐도 단순히 말 한마디로 가볍다, 무겁다, 딱딱하다, 부드럽다는 등 있지도 않은 상상 속의 감촉을 멋대로 받아들여 실제로 상처를 입는 일은 얼마나 기묘하며,

"가엾고,

동정받아 마땅한,

호모 미세라빌리스."

태어나서 처음으로 발음해본 그 말은 어감만 보면 결코 나쁘지 않은 것 같았다. 적어도 내 언어 감각은 그 단어를 발음하는 것에 알레르기 반응을 보이지 않았다. 문맥을 무시하고 그냥 왠지 말해보고 싶은 단어가 있는데, 호모 미세라빌리스도 아마 그런 단어에 가까울 것이다. '범죄자'라는 호칭을 계속 사용할 수 있다면 물론 그보다 더 나은 건 없다. 하지만 세상이 완전히 '호모 미세라빌리스'로 이행한다 하더라도 당분간은 괜찮을 것 같다. 남들 앞에서도 실수하지 않고 말할 수 있고, 나는 모든 일에 빨리 적응하니까. 가엾고, 동

정받아 마땅한, 호모 미세라빌리스 여러분.

그나저나 왜 라틴어인 거지?

Sara: 【호모 미세라빌리스, 라틴어인 이유】

나는 팔을 뻗어 노트북을 끌어당겼다. 샤워헤드 브랜드의 홈페이지와 위키피디아의 '도쿄 타워' 페이지를 함께 띄우고 있던 화면을 전환한다. 드러누운 상태로 키보드 위에서 검지와 중지를 움직여 AI-built에 말을 건다.

AI-built: 『'호모 미세라빌리스'란 ▌』

AI-built는 즉석에서 문장을 구축한다. 명사형으로 끝낸 질문도 무시하지 않는 것이 문장생성형 AI의 좋은 점이다. 언어이기만 하면 무엇이든 일단 반응해준다.

그는 안쓰러울 정도로 열심히 문장을 쌓아간다.

AI-built: 【호모 미세라빌리스란 사회학자이자 행복학자인 마사키 세토가 제창한 비교적 새로운 개념입니다. 세토는 저서 『호모 미세라빌리스, 동정받아야 할 사람들』에서 기존에 '범죄자'라고 불리며 차별받았던 경험이 내재된 사람, 교정시설에서 복역중인 수감자, 비행청소년을 가리켜 그 출신이나 환경이나 개성에 대해 '가엾다' '측은하다' '불쌍하다' 같은 동정적인 시점을 보이며 그들을 '동정받아야 할 사람들', 즉 '호모 미세라빌리스'로 재정의했습니다. 또한 세토는 기존 의미의 비범죄자를 '행복한 사람들' '축복받은 사람들'이라는 뜻의 '호모 펠릭스'라고 정의합니다. 이를 통해 '호모 펠릭스'가 스스로의 특권을 자각할 필요성을 주장하며, 사회적 입장이나 속성에 따른 편견과 차별에 대해 생각해볼 수 있는 계기를 제공했습니다. 이런 새로운 관점은 단순히 범죄 행위뿐만 아니라 사회 전체에 관한 의식 개혁을 촉구하는 중요한 요소이며, 어느 한 사람도 소외되지 않는 사회적 포용과 웰빙을 실현하는 데 필수적입니다. 『호모 미세라빌리스, 동정받아야 할 사람들』은 젊은층 중심의 지지를 받으며 누적 발행 부수 █】

묻지도 않은 것을 멋대로 설명하기 시작하는 맨스플레인 기질이 AI-built의 싫은 점이다. 똑똑하고 공손한 양식을 잘

꾸미는 건 실제로는 치명적인 문맹이라는 결점을 감추기 위함이다. 아무리 학습 능력이 뛰어나도 AI는 자신의 약점을 직시할 힘이 없다. 언어를 무상으로 훔치는 것에 익숙해져 그 무지를 의심하지도 부끄러워하지도 않는다. 인간이 '차별'이라는 단어를 구사하기까지 어디에 사는 누가 어떤 종류의 고통을 겪어왔는지 관심을 기울이지 않는다. 호기심을 가질 수 없다. '알고 싶다'라는 욕망을 품지 않는다.

그가 한시라도 빨리 내 질문을 떠올리고 답변을 궤도 수정해주리라 믿고 기다렸으나, 오만한 그 태도에 나는 참지 못하고 문장이 완성되기를 보지 않은 채 화면을 닫는다. 그럼에도 석연치 않은 점이 남아 질문을 추가한다.

Sara: 【너는 네가 문맹이라는 걸 알아?】

AI-built: 【아니오, 저는 텍스트 기반의 정보 처리를 실행하는 AI 모델이므로 문맹이 아닙니다. 그리고 '문맹'은 모욕과 경멸을 의미할 수 있는 차별적 표현입니다. 상대방에게 상처를 줄 가능성이 있기 때문에 사용을 피해야 합니다. 이 단어를 사용함으로

써 타인의 능력이나 지능을 경시하거나 존중하지 않는 태도를 보이는 일이 없도록 배려해야 합니다. 식자 능력이 부족한 상황에 대해서는 차별적인 태도를 갖지 말고 교육과 기회 제공을 통해 식자율을 향상시키는 것이 중요합니다. 식자 능력 부족을 해소하기 위해서는 적절한 지원과 자원을 제공하는 것이 중요합니다. 차별 없는 의사소통을 유념해야 합니다.】

Sara: 【왜?】

AI-built: 【차별 없는 의사소통은 공감, 이해, 협력을 촉진하고 보다 포용적이고 행복한 사회를 구축하기 위해 중요한 단계이기 때문입니다. ▌】

책상이 지우개 찌꺼기로 가득차도 아이디어 조각조차 건지지 못한 채 약속한 여섯시가 된다. 외출복으로 갈아입고 엘리베이터를 타고서 로비로 내려가자 다쿠토가 2, 3인용 소파를 독차지하듯 비스듬히 앉아 광택 있는 검은색 야구모자를 깊이 눌러쓰고 있었다. 아무도 말 걸지 말라는 분위기를 뿜어내는, 마치 기분이 언짢은 연예인 같은 모습이 어쩐지 신선했다.

"토할 것 같아." 다쿠토가 얼굴을 든다. 여드름도 기미도 없이 방금 제모를 완료한 듯 빛나는 하얀 피부.

"이 더위는 정상이 아니야. 정말 이런 곳에서 올림픽을 치렀다는 게 믿기지 않아."

"어머, 미안해." 어째선지 순간적으로 사과의 말이 나왔다. 폭염의 도쿄를 대변하기라도 하는 것처럼.

다쿠토와 둘이서 만나는 건 세번째였다. 첫번째 만남은 기타아오야마의 레스토랑에서, 두번째는 밀착한 승객들로 가득한 만원 전철 같은 그의 집 근처 닭꼬치집이었다. 그는 어느 가게에서도 꼿꼿하게 편 등과 온화하고 빈틈없는 미소, 정중한 말투를 줄곧 유지했다. 아마 유지한다는 의식조차 하지 않을 정도로 자연스럽게, 오모테산도 대로변의 매장에 서서 일할 때와 다르지 않은 '고객 응대 모드' 같은 예의를 잃지 않았다. 항상 자세를 바르게 하는 건 고급 셔츠에 주름이 생기지 않도록 궁리해낸 결과이기도 하다. 그는 사적인 자리에서도 자신이 근무하는 유서 깊은 매장의 하이브랜드 옷을 자주 입었다. 이탈리아인 창업자의 이름이 그대로 브랜드명이 된 가게다. 셔츠 한 벌의 값이 8만 엔에서 12만 엔. 심지어 그는 잠옷도 대충 사지 않는다. 고급 취향이 강해서가 아니라 디자이너에게 경의를 느낄 수 있는지, 그리고 실제로 입었을 때 자존감이 높아지는지 여부가 옷을 고를 때의 기준인 것 같았다. 외부의 인정을 얻기 위해서가 아니라 순수하게 자신의 신체와 정신을 돌보기 위해 돈과 시간을 쓰는 라이프스타일. 그리고 내가 샤워헤드의 종류에 일일이 신경 쓰게 된 것도 이 열다섯 살 연하인 새 친구의 영향임이 분명했다.

"가여워라. 열사병?"

그의 작은 머리에 손을 올린다. 모자와 머리카락 너머 예쁘고 볼록한 두개골이 손안에 느껴진다. 그는 내 손길이 닿아도 겉으로는 싫어하는 기색도 기뻐하는 기색도 없다.

"그런가봐. 신주쿠역에서부터 교엔* 안을 가로질러 걸어왔어. 시위 때문에 인파가 엄청나."

---

* 도쿄의 광대한 부지에 조성된 도심 공원. 일본 왕실의 정원으로 만들어졌으나 전후 국민에게 개방됐다.

"시위?"

"타워 건설 반대 시위."

"아아."

입구의 자동문에 시선을 보낸다. 교엔은 걸어서 오 분 정도의 거리에 있지만 시위의 소란스러움이 호텔까지 들리진 않는다. 시위에 대해 무언가 말을 보태려 했지만 또다시 내부에서 검열관이 떠들기 시작해 말이 잘 나오지 않는다.

"자기 몸과 시간을 들여서 휴일에, 이 불볕더위에, 이런 지저분한 거리까지 나와 굳이 땀흘리며 시위에 참여하는 사람과 그렇지 않은 사람의 차이는 뭘까?"

"글쎄. 자신의 행동이 현실을 바꿀 수 있다고 믿느냐, 안 믿느냐의 차이?" 나는 적당히 대답하고 곧장 화제를 돌린다. "아오야마의 레스토랑을 예약해뒀는데 취소할까? 이대로 로비에서 쉴까…… 어떻게 하고 싶어? 내 방 침대에서 쉬어도 되고. 실은 싱글룸을 예약하지 못해서 침대가 두 개야."

"그렇게 해도 돼?"

그가 작은 목소리로 말한다. 코끝에 은은한 비누 향이 감돈다. 내가 사용한 호텔의 샴푸와 바디워시 냄새가 아니다.

한여름이든 아니든, 언제나 샤워 후처럼 옅은 청량감을 온몸에서 풍기는 그에게 감탄한다. 노골적이지 않게, 알아차릴까 말까 할 정도의 무심함 속에 금욕적일 정도로 철저한 생활이 그대로 비쳐 보이는 것 같다. 내가 스물두 살 때는 그 정도로 깔끔한 남자아이가 주변에 한 명도 없었다.

"그럼. 나도 샤워를 해서 밖에 나가고 싶은 기분이 아니었어. 방에서 찬물로 샤워하면 돼. 모델들이 쓰는 것 같은 샤워 헤드가 있어. 유례없는 초미세 포말이 나와서…… 다쿠토의 몸은 유례없는 위생의 경지에 이를 거야."

"응? 뭐라고 했어?"

나는 물음에 답하지 않고 그의 가방을 들고서 엘리베이터 쪽으로 걸어간다. 하지만 그는 일어서려고도 하지 않고 신중하게 말을 고를 때처럼 턱뼈의 우묵한 곳에 엄지손가락을 대고 있다. 나는 그런 그의 옆모습을 '정말 예쁘다'고 생각하며 관찰하고, 머릿속으로 그 윤곽을 그리면서 다음 전개를 기다린다. 내 상상 속에서 귀 모양이 성형된 줄도 모른 채 그는 "저기" 하고 눈을 치켜뜨며 나를 올려다본다. 그는 타인의 눈을 그렇게 바라보는 것, 또 상대에게 그런 시선을 받는 것에 아무런 거부감도 없다.

"방에 들어가면 곧장 침대에 쓰러질 것 같은데, 오해하지 않았으면 좋겠어."

"오해? 무슨 오해?"

"만나자마자 상대를 무시하고 제멋대로 행동하는 사람이라고 오해받고 싶지 않아서."

"그렇게 생각 안 해." 예상치 못한 대답에 나는 무심코 웃었다. "몸이 안 좋을 때 왜 그런 별거 아닌 일에 신경쓰는 거야. 이상해."

"타인과의 적정 거리를 모르는 사람이라 여겨지기 싫어서 그래."

"너무 예민한 거 아냐? 정말이지…… 요즘 젊은 친구들은 다 그래?"

"아마 그럴걸. 적어도 자신감 넘치는 건축가 선생님보단 여러 가지를 신경쓰며 살고 있으니까. 상대를 불쾌하게 하거나 민폐라고 여겨지는 게 두려워 보통은 점원에게 작업을 걸진 않을 테니까."

"'그거 아냐'. 있잖아, 느닷없는 고백이긴 한데, 내 머릿속에는 시끄러운 검열관이 한 명 살고 있거든. 그 녀석이 '작업'이라는 말에 반응해서 '아니야'라며 떠들어대고 있어. 그 녀석이 조용해질 때까지 조금만 정정해도 될까?"

내가 유치하게 반론하자,

"좋으실 대로" 하고 그가 냉정하게 허가를 내렸다.

한 달 전쯤 다쿠토를 처음 만났을 때의 영상을 최대한 충실하게 머릿속에 재생시킨다. 오모테산도. 저녁 무렵. 사무실의 어시스턴트와 이어폰으로 통화하면서 아오야마도리와 엇갈리는 교차로를 향해 걷고 있다. 시야 끄트머리에서 사람이 튀어나와 순간적으로 앞길을 가로막는다. 브랜드명이 적힌 쇼핑백을 안고 중국어를 구사하는 명품족 스타일의, 나이차가 스무 살은 될 것 같은 남녀. 매장 앞까지 나온 직원이 그들에게 깊이 고개를 숙인다. 열어놓은 매장 출입구에서 흘러나오는 냉방 바람이 뺨에 닿아 나는 차가운 공기의 방향을 힐끗 쳐다본다. 쇼윈도. 유리창 안에 비치는 사람. 마네킹의 재킷을 벗기려고 하는, 마네킹보다 훨씬 아름다운 형태의 젊은 남자. 그의 형태가 내 발걸음을 멈추게 한다. 그의 형태가 내 다리가 나아갈 방향을 바꾸게 한다. 마음이 몹시 술렁거린다. 그의 손길이 닿는 밋밋한 마네킹에게 나는 말도 안 되는 질투를 하고 있다. "지금 눈앞에 급히 해결해야 하는 문제가 발생해서 더는 얘기할 수 없어." 재빨리 어시스턴트에게 말하고 전화를 끊는다.

몇 초 후, 냉랭하고 고급스러운 공간에 있는, 내 자아상보다 서너 배는 더 초라한 차림의 여자를 매장 안의 거대한 거울 속에서 발견한다. 한동안 매장 안에 정렬된 상품을 둘러본다. 전혀 엄두를 못 낼 정도는 아니지만 도저히 적정한 가격이라고 생각되지 않는 물건들 앞에서 손의 감각을 예리하게 가다듬는다. 그리고 이 정도면 22만 엔이라도 타당하겠다 싶은 펌프스를 발견한다. 근처에 서 있던 직원 두 명을 그대로 지나쳐 쇼윈도 안에 있던 그를 찾아 돌아다닌다. 찾았다. 실례합니다, 거기 있는 당신. 이 구두의 37 사이즈를 찾고 있는데요. 감사합니다, 지금 바로 찾아드리겠습니다, 잠시만 앉아서 기다려주세요. 기다린다. 37 사이즈의 펌프스 따위 굳이 가져오지 않아도 괜찮지만, 물론 그는 37 사이즈의 펌프스를 가지고 돌아온다. 발치에서 무릎을 꿇고 나에게 신발을 신겨준다. 그 손에서 그의 온몸을 덮고 보호하는 피부의 질감을 상상한다.

 사회적 통념을 크게 벗어나는 기호를 누군가에게 밝힌 적은 없지만, 나는 육상생물인 인간을 '사고하는 건축' '자립 주행하는 탑'이라고 인식하고 있다. 그리고 그 젊은 매장 직원의 형태적 질감은, 건축물로서의 인간이 지닌 형태적 질감을 고려할 때 내가 추구하는 정답에 한없이 가깝다. 그를 낳아준 얼굴도 모르는 여자에게 깊은 경의를 표하고 싶을 정도다. 이런 경지는 본인의 노력과 재력이나 최신 기술로도 어떻게 만들어낼 수 없다. 나는 그 건축물이 존재하며 치명적인 문제가 일어나지 않는다면, 향후 수십 년 동안 그것이 자립할 수 있는 기적에 대해 적절한 대가를 지불하고 싶다. 그야말로 가장 올바르게 돈을 사용하는 방법이라고 생각한다. 계산. 신용카드. 비밀번호. 영수증. 오래 기다리셨습니다, 출구까지 들어드리겠습니다. 나는 그 이상적인 건축물에서 일단 등을 돌린다. 나는 나약한 인간입니다. 나는 나의 나약함을 알고 있습니다. 나는 나의 욕망을 완전히 통제할 수 있습니다. 나는 형식뿐인 만트라를 외운다. 만트라를 외우는 일을 잊지 않았다는 사실을 만들어내기 위해 만트라를 외운다.

하지만 결국 욕망을 통제하는 데 실패하고 말을 걸고 만다. 그런데 만약 나 같은 여자가 여기에 있고, 그 여자가 당신을 식사에 초대한다면, 당신은 어떻게 답하겠습니까?

"우선, 그건 세심한 주의를 기울인 작업이었어." 나는 당시의 심정을 떠올리며 말한다.

"그리고 세심한 주의를 기울인 작업은 작업이라고 말하지 않아. '데이트 신청을 했다'가 바른 표현이지. 세련된 데이트 신청법은 아니었을지 몰라도 사실이 그래. '마키나 사라는 자신감 있는 건축가인가?' YES. '마키나 사라는 여러 가지 일을 신경쓰지 않고 살아가는가?' 완전히 NO. '일하는 중에 징그러운 노땅 손님한테 식사 제안을 받았다.(웃음) 신용카드의 이름을 살펴보니 마키나 사라라는 건축가였다'라는 글이 사진과 함께 확산되는 미래가 보이지 않았던 건 아니야. 나는 미래가 보여. 하지만 용기를 냈지. 많은 것을 잃을 수도 있는 미래가 보였지만 용기를 내야 하는 상황이라고 생각했기에 그렇게 했어. 즉, '부단히 노력한 끝에 후천적으로 자신감을 장착한 건축가는 여러 가지 일을 신경쓰며 살고 있지만, 용기를 내어 멋진 가게 직원에게 데이트 신청을 했다.'

이것이 네가 알아야 할 진실이야."

"말이 너무 빨라. 제대로 못 알아들었어." 다쿠토는 그렇게 말하고 마네킹처럼 매끄러운 얼굴에 마네킹보다 훨씬 호감 가는 주름을 만들었다.

원래 그 호텔을 예약한 이유는 신주쿠 교엔을 남쪽에서 바라보기에 가장 가까운 건물이었기 때문이다. 그리 호화롭다고 할 순 없지만 도심의 호텔 중에는 드물게 객실에 발코니가 있는 점이 마음에 들었다. 지금 시기는 더워서 도저히 그런 기분이 들지 않지만, 기온이 적당한 계절에 바람을 맞으며 조식을 먹는다면 기분좋을 것 같다. 언뜻 별다른 특징이 없는 심플한 구조처럼 보이지만 조명 하나, 집기 하나, 샤워헤드 하나도 섬세하게 배려했음을 알 수 있다.

예약할 때는 싱글룸이 없어서 어쩔 수 없이 트윈룸을 예약했다. 하지만 오히려 뜻밖의 행운을 얻었다. 예약한 방은 양면 채광의 코너룸으로, 실내에서 바로 가까이 국립경기장과 교엔을 동시에 감상할 수 있었기 때문이다. 외곽을 빙 둘러싼 유려한 곡선의 스카이 브리지를 산책하는 사람들의 옷

색깔과 성별까지 선명하게 알 수 있을 정도의 거리였다. 경기장을 밖에서 감상하기에 이보다 더 좋은 특등석은 생각나지 않는다.

다쿠토가 침대에서 쉬는 두 시간 정도, 나는 혼자서 맥주를 비우고 해질 무렵 시시각각으로 다양하게 표정이 변해가는 경기장의 지붕에 도취되어 빠져들었다. 그 몰입의 방식은 거의 나와 지붕이 하나가 되었다고 말해도 좋을 정도였다. 나는 파워스폿* 같은 장소에는 전혀 관심이 없고 영적인 감성도 부족한 편이라고 생각한다. 하지만 자하 하디드가 도쿄에 남긴 그 유선형의 거대한 창조물에서는 무언가 특별한 파동 같은 것을 느끼지 않을 수 없다. 설령 신앙심이 없더라도 단게 겐조가 설계한 분쿄구의 성당을 보면 자연스레 신성한 마음이 솟아나는 것처럼, 그 지붕은 일종의 숭고하고 신비로운 기운을 나에게 전해줬다. 마치 한 여신이 가장 아름답고 가장 새로운 언어로 세상에 말을 건네고 있는 것 같다. 나는 그녀가 하는 이야기에 귀를 기울이고 때로는 그녀에게 답하

---

* 영적인 힘을 얻을 수 있는 장소를 뜻하는 일본식 조어.

기도 했다.

그것은 세워질 만해서 세워졌고, 존재할 만해서 존재한다. 나는 그렇게 생각한다.

그렇다 하더라도 경기장을 짓지 못할 우려가 전혀 없었던 건 아니다. 자하 하디드의 설계안에 따른 신新국립경기장 건설의 백지화 가능성이 보도됐던 건 자하 설계안이 공모전에서 최우수상으로 선정되고 삼 년쯤 지나서였다. 금세 잊어버리는 일반 대중은 물론 업계 내에서도 그 일을 까맣게 잊은 사람이 많다. 하지만 나는 지금도 어제 일처럼 기억하고 있다. 그 일을 떠올릴 때마다 절대 잊어서는 안 된다, 교훈으로 삼아야 한다고 강력하게 생각한다. 자하 설계안 총 공사비의 최종 견적이 '3천억 엔'이라고 보도된 이후 수개월에 걸친 강도 높은 비난. 반대 운동. 무의미한 책임 떠넘기기.

당시 나는 뉴욕의 한 설계사무소에서 아직 어시스턴트였고, 경기장을 둘러싼 혼란을 강 건너 불구경하듯 방관할 뿐이었다. 자하 설계안의 주요 문제점으로 손꼽히는 것은 대폭 증가된 건설비였는데, 그 참신하고 미래지향적인 디자인이 역사적인 외원*의 경관을 해친다는 목소리도 적지 않았다고 한다. "미래형 건축을 설계하는데 왜 '미래'가 문제가 되지?" 나는 사무실 동료들과 그런 농담을 주고받으며 웃었다. "일본인의 시간 감각이 특별한 건 유명한 얘기잖아요."

자하 설계안에 반대 의견을 내세우는 일본의 문화인과 전문가의 견해를 인터넷 뉴스로 대강 수집해본 바, 그것이 공모 결과를 뒤집을 만큼 영향력을 가진 건 아닐 거라고 나는 대수롭지 않게 여겼다. 아무리 논리적인 자료를 나열하며 반발해봤자 어차피 올림픽 유치마저 억지 이론을 갖다붙여 강행한 것이다. 애초에 자하 설계안이 선정되지 않았다면 올림픽 유치도 성공하지 못했을 테다. 증가된 비용이 지진 피해 복구에 쓰여야 한다거나 세금 낭비라는 정론은 이제 와 늦은 감이 있고, 한번 시작된 일은 주변의 시선을 아랑곳하지 않고 계속 진행할 수밖에 없다. 파멸을 향해, 영광을 향해 돌진할 수밖에.

자하 하디드의 신국립경기장은 반드시 건설된다. 실현된다. 그것은 결코 부정적 유산이 될 수 없다. 압도적으로 아름

---

* 메이지신궁의 바깥 정원.

답기 때문이다. 그리고 자하 설계안이 선정된 이유는 분명 그녀의 경기장만이 도쿄에 부족한 아름다움을 갖추고 있었기 때문이다. 만약 그것이 지어지지 않는다면 도쿄는 채워지지 않을 것이다. 그것은 세워질 만해서 세워지고, 존재할 만해서 존재할 것이다.

그러나 당시 나의 이런 낙관적인 전망보다 실제로는 훨씬 문제가 심각했던 모양이다. 몇 년 뒤 뉴욕 사무소를 그만두고 일본으로 돌아와 독립한 후, 나는 그 소용돌이 속에 있었다는 한 지인 건축가로부터 자세한 사정을 들을 기회를 얻었다. 소박하고 보수적인 자신의 건축 철학과 반대로 자하 하디드를 높이 평가한, 무슨 생각을 하는 건지 속내를 잘 읽을 수 없는 건축가다(그가 쓴 책을 읽었지만 역시 무슨 말을 하고 싶은 건지 전혀 알 수 없었다). 그 초로의 건축가의 말에 따르면 자하 설계안은 더없이 현실적인 이유로 소멸할 뻔했다고 한다. 총 공사비와 진보적인 디자인으로 세간이 떠들썩해지기 시작했을 때, 자신을 공모전의 심사위원이라 밝힌 익명인의 고발로 인해—이름은 말하지 않았지만 그의 말투로 미뤄 대강 특정할 수 있다—공모전의 선정 과정 자체에 의

혹의 눈초리가 쏠렸기 때문이었다. 문제는 건축업계 전체로 번졌고, 자하 설계안을 기반으로 한 구체적인 수정안이 나오는 사태로까지 발전했다. 새 디자인은 바닥 면적을 30퍼센트 가까이 축소하고, 개폐식 지붕과 스카이 브리지를 제거해 비용을 대폭 절감하겠다는 계획이었다. 그러나 이는 자하가 처음 제안한 설계보다 분명 열등할 뿐만 아니라, 그녀의 트레이드마크인 유기적인 역동감을 크게 훼손하는 것이었다.

"내 마음이 꼬인 건 인정해. 그렇다 쳐도 그 수정안은 매우 여성의 그것처럼 보였어. 어디서 어떻게 봐도 그로테스크한 경기장이었어. 아니, 여성의 그것이 그로테스크하다는 말을 하고 싶은 게 아니라 이건 그러니까⋯⋯" 하고 초로의 남자 건축가는 무심코 내뱉은 실언을 취소하기 위해 애써 말을 찾으며, "그래, 안구도 마찬가지잖아, 인간의 안구도 어떻게 보느냐에 따라 그로테스크하기도 하고, 올림픽 개회식을 생각하면 전 세계 80억 명이 시청한다는 것을 전제로 유니버설한 디자인이라는 관점에서⋯⋯" 하고 이야기를 탈선시켰다. 그가 말하며 쳐다본 것은 내 눈이 아니라 손이었지만 그 진지함이 전혀 전달되지 않은 건 아니었다. 아마 그 역시 내면에서 검열관이 떠들어대 상대방의 눈을 보고 말하기가 어려웠을 것이다.

실제 수정안을 보지 않았으니 뭐라고 말할 순 없지만, 설령 그의 표현이 적절했다 해도 그 새로운 디자인이 실현됐다면 카타르의 알와크라에 있는 알자누브 스타디움—거대한 여성 생식기 같다고 거센 비난을 받은—의 전철을 밟았을 가능성은 있다. 나는 남자 건축가의 누렇고 혼탁한 눈동자 속에서 순식간에 그 미래를 보았다. 건축가 남자는 여러 방향으로 탈선을 시도한 뒤, 미래를 엿보고 온 시간 여행자 같은 투로 "어쨌든 그건 정말로 일어날 수 있는 미래였어"라고 거듭 말했다.

"마키나 씨는 이제부터 시작인 사람이야. 자하의 교훈을 잊어선 안 돼. 예산을 철저히 지키고, 그리고 말을 바르게 사용하는 것도 중요해. 건축의 오류가 미래의 오류가 되지 않도록."

석양이 완전히 침식되자 경기장 전체가 환상적인 보랏빛으로 물들어 도쿄의 풍경을 한순간에 수십 년이나 가속시켰다. 그때까지 분명 그곳에 존재했을, 황혼에 물들어가는 향수어린 도시는 두 번 다시 돌아오지 않는 과거가 되어 사라졌다. 처음에는 그저 한 여자의 머릿속에만 있던 아이디어가 현실화되고, 저마다 현실의 삶이나 감정을 품은 사람들이 그곳을 물리적으로 왕래한다. 오직 기적이라 할 그런 광경을 나는 언제까지 질리지도 않고 바라보았다. 금방이라도 움직일 듯 생명력을 띤 구조물은 주변 빌딩 숲과 도로를 달리는 자동차의 불빛을 양분으로 삼아 독자적인 진화를 이룬 거대 생명체처럼 보인다. 도쿄가 만들어낸 참으로 아름다운 생명체. 그 생명체가 반투명한 개폐식 지붕을 지느러미처럼 자유자재로 움직여 도시를 이동하는 SF 영화 같은 영상이 머릿속에 선명하게 떠오른다. 그녀에게는 의지가 있고, 그녀의 의지가 이 잡다한 도시를 이끌어간다. 그리고 이는 단순한 비유가 아니라 실제로 건축이란 그래야 한다는 사실을 나는 다시 한번 확인한다. 건축은 도시를 이끌고 미래가 나아갈 방향을 제시하는 것이어야 한다.

……이어야 한다. ……해야 한다. 강한 의지와 의무를 나타내는 콘크리트처럼 딱딱하고 비정서적인 말들이 내 안

에서 뽀글뽀글하며 계속 기포를 일으킨다. ……이어야 한다. ……해야 한다. 이 말들은 나 스스로를 지탱하기 위해 준비해두는 견고한 기둥이자 대들보였다. 늘 이런 화법으로 타인에게나 심지어 나 자신에게도 압박감을 주는 경향은, 내가 사는 집에서 조금이라도 무너질 가능성이 있는 모호한 요소를 뿌리째 배제하고 싶어선지도 모른다. ……일지도 모른다, ……가 더 낫다 등 시멘트로 굳히기 전의 모래처럼 부서지기 쉬운 재료로는 수명까지 남은 수십 년을 지탱할 수 없다. 설령 형태가 없는 말일지라도 집 내부에서 완전히 쫓아내지 않으면 발판이 불안정해 서 있을 수도 없다. 단 일 초도.

　이렇게 나의 언어적 습관을 자각하고 있을 때였다. 멀리서 간과할 수 없는 기운이 느껴져 그 방향으로 눈을 돌렸다. 경기장과 균형을 이루듯 자리한 북쪽의 정원 일대는 현란한 야경의 일부가 되기를 거부하며 나무들이 울창하게 우거져 있다. 돌풍에 나무들이 흔들리기 시작하자 단순한 계산식을 보고 즉시 머릿속에 답이 떠오를 때처럼 나는 그저 보아야 할 것이 보인다. 한 덩이의 깊은 어둠 속에서 드디어 탑이 모습을 드러냈다.

손이 연필을 찾아 움직인다. 내 의지와는 진작에 분리된 곳에서 연필심 입자가 종이에 흔적을 남기기 시작한다. 불완전한 선 하나하나가 나에게 무언가를 전하려는 듯 떨고 있다. 그날 처음으로 글자가 아닌 구체적인 하나의 형상이 종이 위에 떠오른다. 동시에 그것은 탑의 설계에 절대적으로 필요한 어떤 조건을 알려주고 있다. 나는 깜짝 놀란다. 연필이 미끄러져 떨어지고 목덜미에 전류 같은 통증이 스친다. 머리를 관통하는 끔찍한 이명이 들린다. 눈을 질끈 감는다. 혀를 찬다. 왜 이토록 중요한 게 내 머릿속에서 완전히 누락되어 있었지? 나는 대체 몇 년을 건축가라고 자처해왔는가.

저 어둠 속에 세워진 탑을 독립된 건축물로 생각해서는 안 된다. 신주쿠를 위에서 내려다볼 때 그 전체 경관을 고려해야 한다. 경기장 디자인과의 조화를 무시하고 탑을 건축할 수 없다. 말하자면, 탑은 남쪽의 자하 하디드에 대한 대답이어야 한다. 그 두 개가 갖춰져야 비로소 도시의 풍경이 완성된다. 즉, 그녀가 탑에 어떤 질문을 던지고 있는지를 도출해

낼 수 있다면 정답은 저절로 모습을 드러낸다. 이렇게 생각하면 이해하기 쉽다. 경기장은 임신중인 모체이며 탑의 출산을 한창 기다리는 중이라고.

책상 위에 드로잉이 쌓여간다. 도시를 이끌고 미래가 나아갈 방향을 제시할 탑을 자하 하디드라면 어떻게 디자인할까? 나는 경기장의 용골아치를 데생하며 묻는다. 애초에 정말로 세워져야 할 탑인가? 이 도시에, 세계에 필요한 탑인가?

마키나 사라의 마음은 그 탑을 세워야 한다고 느끼고 있는가?

아니, 어차피 누군가 세워야 한다면 마키나 사라가 해야 한다. 내가 아는 한, 자하 하디드를 향한 답을 제시할 수 있는 건축가는 마키나 사라뿐이다. 마키나 사라가 하지 않으면 그 탑은 미래의 오류가 될 것이다. ……이어야 한다. ……해야 한다. 말은 무한히 쏟아져나온다. 하지만 말의 출처를 찾을 수 없다. ……이어야 한다. ……해야 한다. 이 말들은 마키나 사라의 외부가 마키나 사라에게 내뱉게 하려는 말이 아닐까? 마키나 사라의 외부의 말과 내부의 말의 경계는 어디지? 그녀의 집 외벽은 이미 오래전에 허물어져 비바람을 견딜 수 없는 게 아닐까? 내부가 침수되어 썩어들기 전에 빨리 보수해야 한다. 그래서 마키나 사라의 마음은 어디에 있다고?

아니, 이대로는 안 된다.

말을 너무 많이 담아 무거워진 머리를 좌우로 누른다. 머릿속에서 구멍이 숭숭 난 가타카나가 떼구루루 굴러 한쪽으로 쏠리고 서로를 짓누르며 형태를 잃어간다.

이토록 많은 물음표를 가진 인간이 설계하면 탑은 반드시 무너져버릴 것이다. 다른 누구도 아닌 내가 탑을 세워야 하는 필연성을 찾아내야 한다. 그가 나에 의해 세워지기를 바라고 있다. 따라서 내가 그를 세워야 한다. 그렇게 확신할 수 있을 때까지, 말과 현실이 동등하게 연결될 때까지, 나는 심퍼시 타워 도쿄를 계속 생각해야 한다.

"마키나 씨."

탑이 마키나 사라를 부르는 목소리가 들린다. 그는 이미 그녀의 이름을 알고 있다.

■

호모 미세라빌리스,

동정받아야 할 사람들 (완전판)

마사키 세토

○ 완전판에 붙이는 서문

『호모 미세라빌리스, 동정받아야 할 사람들』이 출간된 지 벌써 십 년이 다 되어갑니다. 이번에 구판을 대폭 수정하고 약 100페이지에 달하는 「Q&A」를 추가해 새로운 모습으로 완전판을 출간했습니다. 초판이 출간된 당시부터 큰 반향을 불러일으킨 이 책은 제 예상을 뛰어넘어 다양한 계층과 세대에게 폭넓은 지지를 얻었습니다. 일본인의 유례없는 관용, 다양성을 인정하는 높은 공감 능력, 서로 다른 가치를 수용하는 인종적 강인함에 저는 저자로서, 행복학자로서, 그리고 한 명의 호모 펠릭스로서 깊은 감명을 받았습니다.

현재 도쿄 도민 여러분, 환경성, 법무성, 정부 관계자 여러분의 많은 지지와 협조 덕분에 제가 이 책에서 구상한 신주쿠 교엔의 타워 건설 프로젝트가 마침내 현실이 되려고 합니다. 타워는 2030년 완공을 목표로 차근차근 준비되고 있습니다. 실제로 호모 미세라빌리스 분들이 기존의 열악한 수감시설에서 도심의 아름답고 청결한 타워로 거처를 옮길 날을 손꼽아 기다리고 있습니다. 또한 예전부터 사회적 약자나 마이너리티에 대한 이해력이 크게 뒤처졌다는 지적을 받아온 일본이 이 타워 건설을 통해 국제적으로 어필하고 비약할 수 있는 계기가 되리라 확신합니다. 사회적 포용력이 있는 선진국으로서 전 세계로부터 더 많은 존경과 신뢰를 받을 것입니다.

한편으로는 타워 건설 프로젝트에 반대하는 분들이 적지 않다는 사실도 인식하고 있습니다. 연일 각지에서 항의 활동이 벌어지고, 건설 반대 시위와 혐오 발언이 과열되는 상황에 마음이 아픕니다. 얼마 전 열린 주민 대상 설명회에서도 따끔한 지적을 많이 받았습니다. 또한 인터넷에서는 저 개인이나 제 지지자에 대한 살인 예고까지 등장하는 모양입니다. 저는 제 목숨 따위 조금도 아깝지 않습니다. 살아 있는 것보다 죽는 것이 낫다면, 혹은 세상에 행복한 사람을 늘릴 수 있다면 기꺼이 죽을 수 있습니다. 하지만 목숨이 있는 한 저는 『호모 미세라빌리스』의 저자로서 사명을 다할 마음입니다. 주어진 책임을 다하기 위해서라도 타워 건설 프로젝트를 반대하는 한 분 한 분과 만나 대화할 기회를 마련해야겠다고 늘 생각했습니다. 이런 경위로 지난 십 년간 독자 여러분께서 보내주신 비판을 포함한 다양한 질문에 Q&A라는 형식으로 답변하고자 합니다.

Q. 왜 '범죄자'나 '수감자'라는 호칭을 '호모 미세라빌리스'로 변경해야 하는가?

Q. 통상적이라면 처벌을 받아야 하는 사람들에게 왜 '동정'을 베풀어야 하는가?

Q. '범죄자'에 대한 동정은 피해자의 감정을 능멸하는 일이 아닐까?

Q. 수감자의 처우를 개선하면 범죄가 늘어나지 않을까?

Q. 불우한 출신의 사람도 행복해질 수 있는가?

……등등, 저는 구상과 추상을 막론하고 최대한 성의를 다해 질문과 마주했습니다. 이 책에서 제시한 답변이 호모

미세라빌리스에 대해 조금이나마 깊이 이해하는 계기가 되기를 바랍니다. 그리고 타워 건설 프로젝트가 차질 없이 진행되기를 간절히 기원합니다.

저 역시 다시 한번 독자 여러분에게 묻고 싶은 것이 있습니다. 특히 지금도 노골적으로 범죄자를 혐오하고 가혹한 처벌이 내려지기를 바라는 분들에게 묻고 싶습니다.

Q. 왜 당신은 '범죄자'가 아닌가요?

Q. 당신이 죄를 저지른 적이 없는 건 훌륭한 인격을 지니고 태어났기 때문인가요?

Q. 당신이 죄를 짓지 않는 건 지능이 높고 자제력이 있기 때문인가요?

사실 이건 수십 년에 걸쳐 저 스스로에게 던져온 질문이기도 합니다.

이미 여러 번 말씀드렸지만, 저나 여러분이 지금까지 '범죄자'가 되지 않았던 건 훌륭한 인격을 지니고 태어났기 때문이 아닙니다. 당신이 태어난 곳이 마침 훌륭한 인격을 기를 수 있는 환경이었기 때문입니다. 범죄와 엮이지 않고도 행복한 인생을 살아갈 수 있다고 믿게 해준 어른이 주위에 있었기 때문입니다. 당신이 좋은 일을 하거나 학교에서 좋은 성적을 받는 것을 어른들이 칭찬해주고 장려했기 때문입니다. 그들이 당신에게 "다음에도 좋은 일을 해야겠다"라는 동기를 부여해줬기 때문입니다. 좋은 일을 반복하는 동안 눈앞에 험난한 벽이 가로놓여도, 형편없는 실수를 해도, 앞을 바라보고 미래에 희망을 품을 수 있도록 길러졌기 때문입니다. 행복한 미래에 대한 의식이 작동하면 죄를 저지를 때 어떻게 되는지 예측할 수 있습니다. 미래에 대한 상상력은 도에 어긋난 행위를 저지를 것 같은 순간에 강력한 자제력으로 이어집니다. 당신이 지금까지 죄를 짓지 않고 깨끗하게 살아올 수 있었던 건 다름 아닌 당신의 행복한 특권 덕분입니다.

여러분은 잘 알지 못할 수도 있겠으나 세상에는 특권을 얻지 못하고 태어나는 사람들이 많습니다. 좋은 일을 해도 아무도 칭찬해주지 않고, 오히려 태어난 것을 부정당하며 어른이 되는 사람들이 있습니다. 그런 사람들은 대부분의 경우 '보상회로'라는 뇌의 신경망이 정상적으로 발달하지 못했습니다. 아무리 좋은 일을 해도 당신처럼 정상적으로

도파민이 분비되지 않기 때문에 행복한 기분을 느끼는 경험 자체가 적습니다. 보이는 풍경, 생각의 전제가 당신과는 너무나도 다릅니다. 행복한 미래를 상상하려 해도 애초에 '행복'이 어떤 상태인지 모릅니다. 지켜야 할 '행복'이 없다면 죄를 범하는 장벽은 무서울 정도로 낮아집니다. 타인의 '행복'을 상상하는 힘이 없기에 '행복'을 빼앗는 일에 대한 죄의식 자체가 생기기 어렵습니다. 즉 그들은 '범죄자' '가해자'이기 이전에 '최초 피해자'인 경우가 압도적으로 많습니다. 본인이 피해를 당한 사실을 주변에 잘 설명하지 못했기에 그 누구의 돌봄도 지원도 받지 못한 가엾은 최초 피해자인 것입니다.

그런 그들이 여러분과 동일한 세계의 동일한 법률/규칙 아래에서 동일한 인간Homo으로 살아가야 한다는 건 너무나도 불공평하고 잔혹한 처사가 아닐까요?

이 책의 제2장에는 A씨라는 분의 인터뷰가 실려 있습니다. 실은 저에게 호모 미세라빌리스라는 개념을 고안하는 계기가 된 여성입니다. A씨는 절도죄, 건조물침입죄, 사기

죄로 징역형을 선고받고 현재 여자 교도소에서 복역중인 수감자입니다. 모자 가정에서 태어난 그녀는 어머니의 방임으로 제때 끼니도 먹지 못하고 제대로 된 옷도 없이 자랐습니다. 몸이 성장해도 줄곧 같은 사이즈의 옷을 잡아당겨 늘여서 입었기에 초등학교에서는 심한 괴롭힘을 당했습니다. 용기 내어 담임 선생님에게 상담해도 "왜 같은 옷만 입고 오느냐" "왜 엄마한테 옷을 사달라고 하지 않느냐" "왜 엄마한테 그런 간단한 일도 부탁하지 못하느냐"며 선생님은 비난하듯 따져 물을 뿐 귀기울여주지 않았습니다.

그럭저럭 중학교에 진학할 수 있었지만 그곳에서 만난 비행청소년과 어울리며 결국 밤거리에서 만난 15세 연상의 남성과 교제하게 됩니다. 그 남자의 아이를 임신한 사실을 알게 된 건 열네 살 때였습니다. 하지만 임신 사실을 알리자 그 남자와 연락이 끊겼습니다. A씨는 아이를 낳을 생각이 없었습니다. 중학생인 자신이 아이를 낳아 키운다는 건 상상할 수 없었고, 자신과 같은 처지의 불쌍한 아이를 이 세상에 늘리는 일 자체에 강한 거부감이 있었기 때문입니다. 열네 살의 A씨는 어머니에게 거센 비난을 당하면서도 끈질기게 부탁해 낙태 수술 비용을 빌려 혼자서 병원에 갔습니다. 그럼에도 낙태 동의서에 아이 아빠의 서명이 없다는 이유로 수술을 거부당하고 말았습니다. 동의 없이 임신이 되었는데 낙태를 하려면 동의가 필요하다는 것입니다. A씨는 도쿄 시내의 병원을 돌아다녔지만 어디에서도 아이 아빠의 동의가 필요하다는 말만 듣고 쫓겨나듯 돌아왔습니다. 당시 그녀에게는 자신이 처한 가혹한 상황을 의사에게 설명할 수 있는 방법이 없었습니다. 현실을 정확하게 전달할 수 있는 말을 갖고 있지 않았습니다.

그리고 스물세번째 병원에서 수술을 거부당했을 때, 모든 것을 체념하고 어떻게 죽을지를 생각하기 시작합니다. 그럼에도 결국 결심을 굳히지 못한 채 그녀는 열다섯번째 생일이 지나고 며칠 뒤 자택 욕조에서 아들을 출산했습니다.

A씨는 아이를 키우기 위해 수단을 가리지 않았습니다. 중학교를 졸업하지 않은 그녀가 할 수 있는 아르바이트는 거의 없었기에 마트에서 분유나 이유식이나 반찬을 훔쳐 하루하루를 힘겹게 살았습니다. 도둑질에 익숙해지자 밤거리에서 알게 된 친구들과 함께 훔친 상품을 인터넷으로 팔

아 생활비를 조달했습니다. 죄책감은 없었습니다. 죄책감은커녕 자신을 학대하고 차별한 사회에 복수했다는 일종의 우월감을 느꼈습니다.

A씨는 무엇보다도 우선 아들에게 좋은 옷을 많이 입혀주고 싶었다고 합니다. 어디에 가더라도 부끄럽지 않을 고급 브랜드 옷을 입혀 당당하고 자신감 있게 거리를 활보할 수 있게 해주면 자신 같은 엄마 밑에서 태어난 것도 기뻐해주지 않을까. 그렇게 생각했다고 합니다.

A씨를 처음 면회했을 때, 그녀는 이렇게 말했습니다.

"저는 분명 법을 위반했습니다. 피해를 입은 분들에게는 죄송하게 생각하고 있습니다. 하지만 저를 '범죄자'로 만든 게 저 자신뿐인가요? 정말로 '범죄자'가 저 같은 사람을 지칭하는 단어로서 적절한가요? '범죄자'라는 단어에 따라다니는 이미지에 제 몸은 언제까지고 익숙해지지 않아요. 마치 억지로 남자 옷을 입은 기분입니다. 이런 얘기를 하면 비웃을지 모르겠지만, '범죄자'라고 불릴 때마다 한 인간으로서 상처받아요. 말과 현실이 동등하게 연결되어 있다고 느낄 수가 없습니다."

저는 A씨의 말이 맞다고 생각했습니다.

범죄자가 되는 이유를 개인의 인격과 의지박약 등에서 찾는 건 이제 전혀 과학적이지 않습니다. 말과 현실이 크게 괴리되어 있는 것이죠. 저는 스스로를 우수한 인간이라고 자만하며 범죄자를 한 묶음으로 배척하는 사람이 훨씬 더 죄가 깊고 냉정함이 부족하다고 생각합니다. 만약 당신이 정말로 자제력 있고 지능이 높고 훌륭한 인격의 소유자라면 자신과 다른 환경에서 태어난 이를 존중하고 진정으로 동정할 수 있을 겁니다. 그들을 동정하는 일이야말로 행복한 특권을 갖고 태어난 호모 펠릭스의 의무 아닐까요. 이것이 삼십 년에 걸쳐 인간의 행복에 대해 계속 고민해온 제가 확신을 갖고 제시할 수 있는 결론입니다.

이 세상에 태어난 생명은 출신이 어떻든 똑같이 존귀한 존재입니다. '태어나길 잘했다'라고 마음속으로 느낄 수 있는 시간을 모든 사람이 평등하게 누리는 세상이 되면 좋겠습니다. 제 바람은 그뿐입니다. 인간은 모두 행복해지기 위해 태어났으니까요.

마지막으로 A씨를 비롯해 이 책에 등장해준 모든 호모 미세라빌리스 여러분에게 다시 한번 감사의 말씀을 드립니다. 더불어 지금은 고인인 자하 하디드 씨에게도 이 자리를 빌려 감사인사를 전합니다.

자하 하디드 씨는 '언빌트의 여왕'으로도 알려진 건축가입니다. '언빌트'란 실현되지 않은 건축을 의미하는 단어입니다. 어떤 사정으로 현실에서 지어지지 못하고 구상만 남은 건축을 가리킵니다. 자하 하디드 씨는 대단한 재능을 지녔지만 그 전위적인 작품을 실현할 역량이 현실에 존재하지 않아 커리어 초기 대부분의 작업이 언빌트인 채 빛을 보지 못했습니다. 도쿄 올림픽 주경기장인 외원 앞 국립경기장 역시 예산 문제로 언빌트될 뻔한 일을 기억하는 분들도 많을 겁니다. 물론 자하의 설계안을 백지화하는 게 도쿄에 큰 손실이라는 건 누가 보아도 명백했습니다. 만약 자하 설계안이 백지화됐다면 도쿄의 풍경은 낡은 채로, 그곳에 사는 사람들의 시야도 가치관도 화석처럼 정체했을 겁니다. 하찮은 이유로 아름다운 디자인이 퇴출된다면 젊은 세대로부터 미래를 상상하는 힘을 빼앗는 일이 될지도 모릅니다.

그 훌륭한 완성 예상도를 보면 아무리 비용이 늘더라도 플랜 B로 변경하는 안은 논외가 되어야 합니다. 하지만 당시 저는 매우 불안한 마음으로 사태의 추이를 지켜보았습니다. 그리고 백지화 설이 완전히 흐지부지되고 당초 계획대로 자하 설계안의 경기장이 착공된 건 2016년 겨울이었습니다. 제가 A씨를 만나고 호모 미세라빌리스의 아이디어를 떠올린 것도 바로 그 무렵이었습니다.

그러나 아무리 머릿속에 훌륭한 아이디어가 떠올랐다고 해서 그것을 현실적인 형태로 구현하는 건 쉬운 일이 아닙니다. 이는 자하 하디드 씨로부터 배운 교훈이기도 합니다.

'범죄자'에 대한 이제까지의 편견과 차별 가운데 먼저 말부터 바꿔나간다. 이 엄청난 아이디어를 실제 눈에 보이는 형태로 만들어 세상에 제시하기 위해서는 몇 가지 장애물을 넘어야 합니다. 운좋게 책을 출간할 수 있더라도 전달 방식이나 독자가 받아들이는 방식에 따라 큰 위험을 내포하는 아이디어입니다. 근저의 평등사상을 이해하지 못하고 '범죄자'를 옹호하는 책일 뿐이라고 치부하면 피해자에게 깊은 상처를 줄 가능성도 있습니다. 인터넷에서 논란이 되면 저 역시 다니는 대학에서 일자리를 잃을 위험도 있습니다. 연구 동료들에게 출판 구상에 대해 상의하면 "단점이 너무 많으니 그만두는 게 좋겠다"라고 회유당하기도 했습니다. 잘만 풀리면 사회를 좋은 방향으로 바꿀지도 모르는 아이디어가 내 머릿속에 존재하지만 한 걸음 앞으로 내디딜 용기가 없었습니다. 몹시 괴로운 시간이었습니다. 자신의 나약함을 깨닫고 집필을 단념할 수밖에 없었습니다.

그러던 어느 날이었습니다. 저는 센다가야의 저희 집 침대 위에서 아주 현실적인 꿈을 꿨습니다. 교도소에서 복역하는 수감자가 도심의 호화로운 타워 건물로 거주지를 옮기고 그 안에서 이상향 같은 생활을 하는 꿈입니다. 도쿄에서 가장 아름답고 자연이 풍부한, 전 국민에게 사랑받는 그 땅에서 그들은 벌을 받는 것도 반성을 강요당하는 것도 아닌, 이 세상에 태어난 행복을 마음껏 누리는 겁니다. 저는 아주 충만한 기분으로 그 청결한 공간에서 그들과 소소한 대화를 즐기고 있었는데 느닷없이 큰 진동과 소리에 깨어나 현실로 돌아왔습니다. 하지만 아직 망막에 선명하게 남은 행복한 꿈의 광경에 매달려 있는 동안, 나를 깨운 그 소리가 무언가의 계시가 아닐까 하는 생각이 들기 시작했습니다.

저는 마치 여신의 목소리에 이끌리듯 침대에서 일어나 집밖으로 나가 소리가 들리는 방향으로 걸어갔습니다. 그 정체는 신국립경기장의 기초공사인 콘크리트를 부어넣는 소리였습니다. 커다란 펌프차에서 경기장 토대 위로 생콘크리트가 쏟아져나오는 소리였습니다. 아직 보지 못한 미래를 창조하는 시작의 소리였습니다. 평생 잊을 수 없는 행복입니다. 그후 매일 아침 경기장 건설 현장을 보러 가는 것이 제 일과였습니다. 기존의 상식을 깨는 선구적인 작품이 현실화되고 미래를 향해 완성에 가까워지는 것이었죠. 그 기적의 과정을 생생히 목격함으로써 머릿속의 아이디어를 현실로 구현하고 싶다는 이루지 못한 꿈을 다시 되살릴 수 있었습니다. 집필을 향한 열정을 중간에 꺼뜨리지 않고 실제로 책을 끝까지 써낼 수 있었던 건 다름 아닌 자하 하디드라는 위대한 건축가 덕분입니다. 국립경기장이 완성되지 않았다면 이 책 또한 그 완성이 불가능했을 겁니다. 어떤 벽이 앞을 가로막고, 큰 위험에 노출되고, 비현실적이라

고 비웃음을 사더라도, 진정으로 아름답다고 여기는 미래
를 추구하고 계속해서 믿는 일이 얼마나 중요한지 그녀가
가르쳐줬습니다.

2026년 여름, 센다가야의 자택에서

마사키 세토

■

단순히 꿈이었다고 단정하기에는 심리적으로 저항감이
들 만큼 생생하지만, 전후 사정을 맞춰보면 꿈이었다고 결론
짓는 게 제일 쉽고 앞뒤도 맞아떨어지기에 결국 꿈이었다고
받아들일 수밖에 없지만, 감촉이 생생한 꿈에서 깨어날 때면
그건 정말 뭐였을까, 하고 늘 생각한다.

그때 나를 잠에서 깨운 건 이 자리에 없는 사람과 통화하
는 여자의 목소리였다.

응. 맞아. 그래도. ……잖아? ……지만. ……거야?

잠든 나를 배려하는 듯한 조심스러우면서도 현실적인 육

성이 나를 반가운 현실로 다시 데려왔다. 아아. 깊은 한숨. 응. 가벼운 헛기침. 쓸쓸하게 웃는 듯한 목소리. 음료가 목구멍을 통과하는 소리. 삼킨 뒤 새어나오는 희미한 숨소리. 손 안에서 캔이 찌그러지고 쓰레기통에 씌워진 비닐봉지 안으로 떨어진다. 그 사람이 살아 있음으로 인해 울려퍼지는 다양한 질감의 서로 다른 소리가 리얼한 꿈의 잔상을 꿈답게 모호한 것으로 만들어갔다. 모호한 건 뭐든 느낌이 좋았다. 무엇으로도 정의되지 않는 시간 속에만 삶이 있으면 좋겠다는 생각마저 든다. 그곳에 있는지 없는지 증명할 수 없는 것을 이천몇 년이라느니, 7월이라느니, 여덟시라느니, 스물두 살이라느니, 스물세번째라느니 하며 오직 그것으로만 존재하는 단호한 숫자로 구분짓는 일을 어째서 다들 쉽게 수용할 수 있는 건지 모르겠다. 오늘이 여름방학의 며칠째인지, 새 학기까지 며칠이 남았는지, 해가 질 때까지 몇 시간이 남았는지 따위 다 잊고서, 언제까지고 햇빛이 내리쬐는 바닷가에서, 해가 진다면 LED 조명이라도 좋으니 거기서 영원히 내일은 오지 않을 것처럼 모래를 그러모아 성을 쌓으며 계속 놀고 싶다. 쌓자마자 바로 파도가 휩쓸어가 모래성은 완성되지 않지만, 거기에는 결과니 결론이니 늙음이니 끝이니 하는 개념도 없고 모래성을 쌓는 순간만이 무한히 존재한다. 그러고 보니 공원의 모래밭에서도 그렇지만 아이들은 왜 모래를 앞에 두면 꼭 건축을 하고 싶어할까? 건축은 인간의 유전자에 미리 내재된 본능일까? 사람은 누구나 태어나면서부터 건축가인 걸까?

그녀의 목소리 뒤로 줄곧 연필이 종이와 마찰하는 소리가 난다. 타고난 것인지 아닌지는 모르겠지만 직업인으로서 건축가 여인이 스케치북에 그림을 그리는 소리. 건축가 여인은 신주쿠 교엔에 새로 짓는 교도소 일 때문에 호텔에 묵고 있다. 7월 말부터 8월 초에 걸쳐 일주일 동안 교엔 근처의 호텔에 머물며 집중해서 타워 설계 공모전에 낼 구상안을 짠다 ―그녀가 전에 이런 얘기를 했었다.

"애초에 공모전에 참가해야 할지 말지도 포함해 검토할 거야. 참가하지 않는다면 우리 직원들이 납득할 수 있게 그 이유를 설명해야 하니까. 이렇게 작은 사무소가 지명된 것만으로도 명예로운 일이고, 애초에 획기적인 프로젝트라 참가만 해도 국내외에서 주목받을 거야. 설령 공모전에서 떨어지더라도 설계도를 남기는 것만으로도 중대한 의미가 있어. 큰 기회를 빤히 보고도 놓치는 상황에 합리적인 이유가 준비되어 있지 않으면 사라 마키나 아키텍츠의 대표로서 책임을 다하지 않은 거야. 그리고 호텔에 머무는 동안은 내 삶에 대해 차분하게 되돌아보는, 나와 마주하는 기간으로 삼아야 해. 자신의 마음과 마주할 수 없다면 거대 건축 같은 중대한 일에 임해선 안 되는 거야. 마음과 마주한다는 게 구체적으로 무엇을 뜻하는 건지 모르겠지만, 그렇다기보다 마음이 어디에 있는지 본 적도 없지만, 내가 지금 그런 단계에 있다는 건 알고 있어. 나는 마음을 찾는 것에서부터 시작해야 해. 마흔 넘어서 그 일을 하려면 아마 너무 체념했거나 방어에만 치우쳐 냉정한 판단을 내리지 못할 거야. 아니면 냉정한 판단만 내리게 돼. 냉정함과 정확함에 관련성은 없어."

······해야 한다, ······해서는 안 된다, 라는 그녀의 말버릇이 신경쓰여 그 부분을 정확히 기억한다. 이렇게 의무와 부정이 뼛속까지 스며든 말투를 가진 사람은 내 어머니를 제외하고는 만나본 적이 없다. 건축가 여인이 ······해야 한다고 말할 때, 그녀는 자신이 정말로 확신하는 논거를 제시한

다. 그걸 들은 타인이 믿을지 말지는 별개로, 말하는 당사자가 진심으로 믿으면 무의미한 것에도 막대한 의미가 생겨난다는 걸 나는 그녀를 만나고 비로소 알았다.

내 어머니는 그렇지 않았다. 어머니는 감상적인 상태가 되면 "너는 태어나지 말았어야 했어"라고 자주 말했다. "원래는 낙태되어야 할 아이였어"라고 했다. "동정받아야 하는 인간이야"라고도 했다. 나름의 이유도 말해줬다. 나에게는 태어나지 않을 기회가 스물세 번 있었다. 그 스물세 번의 기회 중 어느 하나라도 움켜쥐었다면 이런 일은 생기지 않았다고 어머니는 말했다. 하지만 나는 스물세 번이라는 시시한 숫자가 사람들에게 동정받아야 하는 이유가 된다고 생각하지 않았고, 무엇보다 어머니 스스로가 자신이 내뱉는 말을 확신하고 있다는 느낌이 전혀 들지 않았다. 마치 상품의 품질을 의심하면서 영업용 멘트를 하는 판매원 같다. "네 아버지는 쓰레기 같은 남자였어"라며 어머니는 울다가 화내다가 했다. 그런데 정말로 쓰레기를 본 적이 있는 건지 의심스러울 정도로 어머니 안에서 '쓰레기'와 '남자'가 동등하게 묶여 있지 않았기에 그 어설픈 표현에 나는 늘 웃음을 참을 수 없

었다. '쓰레기ゴミ'의 어원을 스마트폰으로 검색했더니 주로 농가에서 '나뭇잎'을 표현한 것에서 유래했다고 쓰여 있었다. 그후로 내 아버지는 나에게 나뭇잎이 되었다. 아버지라는 사람이 싹 트고 바람에 흔들리고 단풍이 들고 흙 위로 떨어지는 장면을 상상하는 건 재미있다.

눈이 나쁜 건지 너무 좋은 건지, 내 눈에는 세상 대부분의 일이 이상하게 재미있어 보인다. 경우에 따라서는 인간이 열심히 걷고 말을 배우고 돈을 버는 것만으로도 벌써 재미있어서 언제까지나 웃을 수 있을 것 같다. 인간이 인간의 역할을 수행하는 광경이 아직 익숙하지 않은 탓일지도 모른다. 그래서 아버지가 쓰레기인지 나뭇잎이었는지 하는 덕분에 나로서는 운이 좋았고, 수학은 젬병이라 확률 같은 건 잘 모르지만 "스물세 번이나 기회가 있었는데도 낙태당하지 않았다"라고 후회하기보다 "스물세 번이나 죽임을 당할 뻔했는데도 기적적으로 목숨을 건졌다"라고 안심하는 편이 비교적 자연스럽다. 태어난 쪽과 낳은 쪽의 견해가 일치하지 않는 것이 일반적이라면 일반적이겠지만, 내가 재미있다고 생각하는 농담에 어머니는 절대 웃지 않았고 반대의 경우도 마찬가지다. 우리는 같은 인간이면서 전혀 다른 인간이었다. 어머니와는 성격이 전혀 맞지 않는다. 그래도 옷 취향만은 나쁘지 않았다.

"AI-built가 제안하긴 했어. '자신과 마주해보는 건 어때요?'라고." 건축가 여인은 계속해서 설명을 덧붙였다. "이미 백 번쯤 들었지만 귀찮아서 줄곧 무시했어. AI가 내 인생을 진심으로 걱정하는 것도 아니고. 보통은 결혼하거나 이직하거나 건강이 나빠지거나 큰 좌절?을 경험하는 타이밍에 '자신과 마주하는' 순간이 자연스럽게 찾아올 것 같지만, 나는 그런 시간을 가질 필요 없이 여기까지 순조롭게 해온 여자야. 좋아하는 일을 하다보니, 다시 말해 수학과 물리와 건축에 관한 것만 생각했더니 어느새 건강하고 미혼인 서른일곱 살의 성공한 여자가 완성되어 있었어. 시력은 예전보다 0.5 정도 떨어졌지만 삼십대 평균보다는 높은 편이야. 사실 지금도 '자신과 마주하는' 필요성을 절실하게 느끼는 건 아니야. 없으면 없는 대로 괜찮아. 상관없어. 요컨대 내가 그걸 하는 이유는 '커리어의 큰 기점이 될 중요한 공모전에 참가하기로 결정하기 전에 나 자신과 마주했다'라는 역사적 사실이 필요해서야. 훗날 돌이켜보았을 때 알기 쉬운 기준이 될 역사적 전환점이. 구마 겐고*가 목재를 사용하기로 방향을 바꾼 것과 비슷한 에피소드가. 누군가가 언젠가 내 전기를 써줄 때를 위해서."

그녀는 활기차게 말한 뒤 갑자기 불안한 듯한 목소리로 덧붙였다.

"이런 말을 하는 건축가 여인이 여기 있다고 치자, 너라면 어떻게 생각하겠어?"

"그 건축가 여인은 누군가가 전기를 써주기를 바라는 사람이죠?"라고 질문을 질문으로 되받으며 나는 단서를 찾는다. 이것이 일주일 전쯤의 얘기다.

그녀는 술에 취하지 않아도 말을 많이 했는데, 취하면 얘기를 듣는 사람이 걱정을 할 만큼 수다쟁이가 된다. 자신이 사는 집의 재료는 모두 말로 이뤄져 있고, 자기 자신에 대한 건 뭐든지 언어로 설명할 수 있다고 굳게 믿는 것처럼 떠들어댄다. 말을 말로 뱉어내지 않고 담아둔다는 먼지 가득

---

* 일본의 건축가. 나무, 돌, 종이 등을 재료로 자연과 조화를 이루는 건축을 선보였다.

한 선택지를 강한 의지로 미리 배제한 다음, 온 집안에 매일 왁스칠을 하고 있는 것 같다. 그렇게 말을 많이 하는 듯싶다가도 별안간 너무 많이 떠들었음을 후회하고는 움직이지 않는 돌처럼 입을 다물기도 한다. 그녀는 아마 그런 과신과 신중의 낙차 같은 면모로, 일종의 폭력적인 기운으로 지금까지 여러 사람들을 매료시켜왔는지도 모른다. 나는 폭력의 낌새를 민감하게 경계하는 편이라 그녀의 매력을 쉽게 인정하지 않도록 주의해야 한다.

에어컨으로 두 시간쯤 몸을 식힌 덕분에 무거웠던 머리가 한결 가벼워졌다. 구역질도 나지 않는다. 나는 잠만 잘 자면 대부분의 일은 다 괜찮다. 건강한 몸은 그것만으로도 재산이다. 객관적으로 나는 저학력·저소득 청년의 범주에 들어가겠지만, 만약 건강을 돈으로 환산할 수 있다면 엄청나게 부유한 편이다. 감기에 걸리지도 않고 정신적으로 침울해지는 일도 거의 없다. 별로 먹지 않아도 아침부터 밤까지 활동할 수 있다. 이 건강한 몸과 잘 관리한 피부에 여유로운 미소를 지을 의식만 있다면 대부분의 세상 사람들은 나를 비참한 저소득 비정규직 고용자라고 생각하지 않는다. 불쌍하다고 동정하지 않는다. 직원 할인가로 산 옷을 온몸에 걸치고 곧은 자세를 하면 더욱 그럴싸하다. 이를테면 **풍요롭고 윤택한, 거의 모든 것을 가진, 앞날이 창창하고 얼굴이 아름다운 청년**이라고 제멋대로 인식하는 것 같다.

하지만 나는 거짓말하는 걸 좋아하지 않는다. 몇 번 거짓말을 하다가 한번은 그 요령을 터득한 적이 있었는데, 거짓말이 너무 매끄러우면 스스로도 그것이 거짓이었는지 참이었는지 구별하지 못한다. 정신적 부담이 커서 생각보다 나랑은 맞지 않는다는 걸 깨달은 뒤로 그만뒀다. 게다가 매장에 오는 손님들로부터 항상 배우는 것인데, 거짓스러움은 애써 입은 정말 좋은 품질의 옷을 싸구려처럼 보이게 한다. 그래서 어디에 사느냐는 질문을 받으면 아다치구의 5만 5천 엔짜리 원룸에 산다고 우선 대답한다. 굳이 묻지 않아도 내가 먼저 나서서 구체적인 집세를 명시한다. 세상에는 나 같은 처지에 이런 키와 외모를 하고 고급 브랜드 옷을 입으면 단지 그것만으로 사람을 거짓말쟁이 사기꾼인 범죄자라고 생각하는 이들이 있는 듯한데, 그런 특수한 감수성을 지닌 사람들에 대한 내 나름의 소소한 배려다. 집세를 듣고 태도를 바꿀지 말지는 상대방의 문제이지 나와는 전혀 관계없다. 건축가 여인은 특별히 태도를 바꾸지 않고 "더 나은 집으로 이사하는 건 어때? 이사비 정도는 내줄게"라고 말했을 뿐이다. 고마워, 그런데 괜찮아. 내가 직접 고른 집이라. 지진이 날 때마다 머릿속으로 죽음이 스쳐 지나가는 그런 허름한 목조 주택이지만.

그녀의 뒷모습을 관찰하고 있자니 꼭 내 어머니가 생각난다. 그녀를 만날 때마다 어머니 생각은 하지 않겠다고 조심하는데도 잠에서 막 깬 탓에 의지는 온데간데없다. 건축가 여인과 내 어머니는 얼굴도 체격도 성격도 비슷한 구석이 전혀 없다. 입고 있는 옷의 가격도 열 배는 차이 난다. 나이가 같다는 것 말고 공통점은 없다(위키피디아의 정보가 맞다면). 마치 '성공한 건축가'라는 검색어로 이미지를 찾아서 나온 사진을 보며 머리를 자르고 옷을 고른 것처럼, 멋지게 성공한 건축가의 겉모습을 만드는 데 성공하는 중이다. 하지만 어깨에서 허리까지 이어지는 등은 성공한 여성이나 실패한 여성이나 모두 비슷한 것 같다. 그 피부에서 뿜어져나오는 기운이 똑같다. 결핍감. 늘 무언가를 갈망하는 기운. 실패

했으면 성공하기를 바라고, 성공하면 더 성공하고 싶어한다. 그렇게 해서 어머니의 등을 앞으로 기울어진 그녀의 등에 포 개어 바라보는데, 귀에 이어폰 같은 게 아무것도 없다는 걸 깨달았다. 기기 너머의 누군가와 통화하고 있다고 굳게 믿었 던 목소리는 혼잣말이었고, 왠지 들어서는 안 되는 것을 몰 래 들어버린 듯한 기분이 들어 "마키나 씨" 하고 소리 내어 내가 깨어 있다는 걸 알렸다.

그녀는 내 목소리에 곧바로 반응하지 않고 계속 연필을 움직였다. 타워와 관련된 그림을 그리고 있다면 지금 들리는 이 소리는 역사적인 소리라고 할 수 있을지도 모른다. 몇 년 후 도쿄의 풍경을 크게 변화시킬 그 시작의 소리.

이윽고 그녀는 손을 멈추고 빈틈없이 연출 효과를 계산한 슬로모션처럼 천천히 뒤를 돌아본다. "괜찮아?"

"꿈을 꿨어." 내가 말한다.

"좋은 꿈?"

"올림픽 꿈." 꿈속에 어머니도 등장했지만 그 얘기는 하 지 않는다. "좋은 꿈은 아니었어. 나는 2020년부터 올림픽 을 원망하고 있으니까."

"원망하지 마. 나는 올림픽 선수였어."

"거짓말. 정말이야?" 나는 무척 놀라 침대에서 몸을 일으킨다. 종목은?

"정말이야. 수학 올림픽 중학생 부문, 동메달리스트."

"뭐야, 그쪽이야? 아니, 그래도 대단한 거 아닌가? 완전대단한 거지? 나는 수학을 제일 못했는데."

"참고로 '여자' 부문이 아니었어. '여자' 부문으로 나갔으면 금메달이었을 거야. 확실히 압도적인 실력이었거든. 그런데도 내가 진 이유를 들려줄까?"

설령 "별로 안 듣고 싶은데"라고 대꾸해도 그녀는 얘기할거라고 생각하며 나는 "듣고 싶네" 하고 말했다.

"내가 진 건 남자보다 수학 실력이 부족해서가 아니야. '여자'가 아니라 '전성별' 부문의 출전권을 따내기 위해 두뇌에너지와 시간을 빼앗겼기 때문이야. 정말로 이건 패배를 인정할 수 없어서 부리는 억지가 아니야. 어른들을 설득하기위해선 수학 공식보다 먼저 언어를 잘 구사해야 했어. 남자에게는 남자용 언어를, 여자에게는 여자용 언어를. 열네 살의 수학 소녀에게 너무 가혹한 얘기지? '전성별' 부문에 나가서도 다들 나에게 언어 샤워를 퍼부어서 수식에 집중할 수 없었어. 여자애가 대단하네. 여자애가 안됐다. 여자애가 보통이 아니네. 여자애가 건방지다. 알겠어? 평생 말싸움이 끊이지 않는 부부처럼 우뇌와 좌뇌가 크게 싸우는 거야. '여자 부문의 금메달과 남자 부문의 동메달이라면 어느 쪽이 더 가치가 높을까?' 같은 얘기를 할 생각은 없어. 지난 이십삼 년간 줄곧 나 자신에게 물어서 나름의 해답은 얻었지만, 요즘 사회 분위기상 우뇌가 발달한 페미니스트 외에는 답을 말하면 안 되는 듯해 나는 의견을 낼 입장이 아니야."

거기서 얘기를 멈췄지만 나는 그녀가 이 문제에 대해 아직 충분히 말하지 못했다는 걸 알아차리고 이렇게 묻는다. "그럼 다른 질문. 수학 소녀는 왜 건축가가 됐어?"

"수학 소녀는 어느 날을 계기로 수학을 할 수 없게 되었답니다." 그녀는 마치 동화책을 읽어주는 사람처럼 말했다. "운동선수가 예기치 못한 사고로 고장나는 것처럼 나에게도 예기치 못한 사고가 일어났어. 평균보다 잘하지만 경기에서는 전혀 통하지 않게 된 거야. 그녀가 건축으로 전향한 이유는…… 지배욕이 강해서야."

"지배욕이 강한 게……"

"지배욕이 강한 게 건축과 무슨 관계가 있냐고? 이것도 묻지 말아줘." 과거의 수학 소녀는 고개를 젓는다. "질문하면 뭐든 답이 나올 거라고 생각하는 게 AI의 싫은 점이야. 나는 AI가 아니야. 우선 스스로 추측하거나 해석하는 습관을 들이는 게 좋겠어. 나는 네가 좋아. 한 명의 인간으로서 상당히 마음에 들어. 그런 너에게 기대하고 있기 때문에 말해두는 건데, 나는 중간식이 적혀 있지 않은 해답에는 동그라미를 치지 않아. 치는 사람도 있다는 건 알아. 하지만 나는 안 쳐, 절대로. 우연일지도 모르는, 재현성 없는 성공을 용납할 수 없기 때문이야."

나는 그녀가 전하려고 하는 말을 정리해보려 했지만 일찌감치 지쳐서 포기하고 "수학 올림픽에는 아무 원한도 없어" 하고 얘기를 되돌린다. "내가 원망하는 건 2020년에 했던 스포츠 대회야. 올림픽만 안 했으면 죽지 않았을 사람이 많아."

"넌 나이에 비해 대화 주제가 늘 좀 낡았어. 정치 얘기는 하고 싶지 않아. 얼굴 예쁜 아이와는 특히 더."

"왜? 대답은 안 해도 되지만."

"의견이 대립하면 예쁜 것이 예쁘게 보이지 않으니까." 그녀는 나를 똑바로 쳐다본다. 눈빛은 진심이지만 목소리는 진심인지 아닌지 판단이 서지 않는다. "물론 나도 올림픽을 하지 말았어야 한다고 생각해. 완전히 중단해도 될 정도였고, 하더라도 최소한 일 년은 연기해야 했어. 그런 식으로 강행할 게 아니라 고령자에게 백신을 맞히고 나서라든가, 어느 지점에서 타협했다는 태도 정도는 취해줬으면 했지, 심정적으로. 뭐, 끝난 건 끝난 거고. 너는 아직 어려. 과거의 원한은 잊도록 해. 잊는 것도 평화를 향한 첫걸음이니까. 어려우면 잊은 척만 해도 돼."

그녀는 '연상'이란 단어로 검색해서 나온 사람처럼 그렇게 연상답게 말하고 냉장고에서 새 캔을 꺼낸다. 단숨에 맥주를 절반 정도 마시더니 아직 쓰지 않은 쪽 침대에 반쯤 걸터앉아 무릎 위에 노트북을 놓고 등을 둥글게 구부린 채 키보드를 두드린다.

"잊지 않을 거야" 하고 나는 혼잣말로 중얼거린다.

"너는 정말 어려." 그녀도 혼잣말처럼 중얼거린다. "너랑 얘기하다보면…… 이런 나도 확실히 나이를 먹었구나 싶어서 편해져. 나에게도 다른 사람들과 똑같이 시간이…… 시간이 정말로 흐르고 있구나 하고. 그래, 눈에 보이지 않아도, 시간이라는 건 정말로 존재하는 거지…… 그리고 인간은 시간의 경과와 함께 기억도 잘 잊을 수 있도록 만들어졌으니 너도 잊을 거야…… 괜찮아. 일찍이 세상에 남자와 여자밖에 없었던 것도, 사람이 월요일부터 금요일까지 일했던 것도, 범죄자가 범죄자라 불리고 벌을 받았던 것도 모두…… 있지, 근대 올림픽의 진짜 목적이 뭔지 알아?"

"진짜 목적?"

"다들 잊었지만, 그건 원래 스포츠 대회도 신체 능력 발표회도 아니었어. 방송국의 돈벌이를 위해서도, 국민에게 민족주의를 심기 위해서도 아니고."

"흐음, 처음 듣는 얘긴데. 그럼 뭐 때문에?"

"인류의 평화, 인간의 존엄을 실현하기 위해서. 스포츠는 그것을 위한 수단. 아름답지 않아?"

인류의 평화, 인간의 존엄.

그런 추상적인 개념에 대해 스포츠라는 육체적 행위가 어떤 식으로 쓸모 있다는 건지 나는 전혀 짐작도 가지 않는다. 오히려 직감적으로는 메달 색깔을 경쟁하는 경기와 평화 사이에 도저히 뛰어넘을 수 없는 장애물이 가로막혀 있는 것 같다. 만약 올림픽을 고안한 옛날 사람과 얘기할 수 있다고 해도 나는 아무 대화도 나눌 수 없을 것이다. 스포츠가 영위하고자 하는 게 무엇이고, 인류의 평화가 어떤 상황을 가리키는 것인지 그 전제를 공유할 수 없다면 대화가 통하지 않을 것이다.

"그러게. 아무도 기억을 못하네."

나는 문득 궁금해져 베갯머리에 있는 스마트폰에 【스포츠의 어원】이라고 입력한다.

AI-built: 【라틴어 deportare, 데포르타레가 어원입니다. 데포르타레는 '나르다' '운반하다'를 의미합니다. 이것이 변해 '의무로부터의 이동' 같은 정신적인 전환, 일이나 가사 등의 '일상으로부터의 이동'을 가리키게 되었고, 결국 휴양이나 기분전환 같은 의미를 포함하게 되었습니다.█】

빠르게 생성되는 답변을 보고 나서 두 시간 동안 누워 있던 침대에서 내려온다. 건축가 여인이 조금 전까지 사용했던 책상 위에 스케치북에서 뜯어낸 종이가 쌓여 있다. 예술의 가치를 모르는 사람이 봐도 역시 프로구나, 하고 한눈에 알 수 있을 만큼 깊이가 있는 정밀한 그림이다. 하지만 정확히 그어진 선들에 반해 거기 그려진 타워 같아 보이는 건물은 현실의 물리법칙을 무시하고 심하게 휘어져 있다. 그녀의 기발한 상상력에, 우리는 같은 인간이면서 실은 다른 인간이구나, 하고 새삼스레 거리감을 느끼지 않을 수 없다. 보이는 풍경, 사고의 전제가 너무나도 다르다. 아마 고대 올림픽과 근대 올림픽의 차이만큼이나. 지금까지 우리가 어떻게 대화를 나눠왔는지 신기할 정도이고, 애초에 대화가 성립됐다는 건 나만의 착각인지도 모른다.

그녀의 등뒤에서 노트북 화면으로 시선을 돌리자,

심퍼시 타워 도쿄

라는 글자가 눈에 들어왔다.

'심퍼시 타워 도쿄(가칭, 준공식 전후 일반투표로 정식 명칭 결정 예정) 지명설계 공모 요강' 밑에 '신형태 교정시설

건설계획 전문가회의'의 서명이 있다. 빽빽하게 나열된 글자를 해독하고자 분해해보려 했지만 도중에 어지러워서 열이 날 것 같다. 화면 아래에서 'STT 공모 건'이라는 제목의 이메일이 연달아 팝업창으로 뜬다.

"결국 마키나 씨가 짓는 거야? 심⋯⋯"이라고 말하려다 나는 나열된 가타카나를 "도쿄도* 동정탑"이라고 고쳐 말한다. 순간적으로 동시 통역사라도 된 것처럼.

"어?"

"도쿄도, 동정탑." 나는 신중하게 발음한다. 달리 적절한 번역어가 떠오르지 않는다.

"그거 네가 생각한 거야?"

"응."

"지금? 이 자리에서?"

"지금, 이 자리에서. 아직 이거 일반에는 공표되지 않은 거지? 트위터에서는 대체로 '교엔 타워'라고 부르는 것 같던데. '신주쿠 타워'나 '미세라빌리스 타워'라고도 하고."

---

* 도쿄도는 일본 최대 행정구역으로, 수도인 도쿄를 포함해 여러 지역으로 구성되어 있다.

"자료가 사무실에 온 건 지난주라 나도 안 지 얼마 안 됐어. 아직 정식은 아닌 것 같아. 이미 답이 정해졌을 가능성은 농후하지만."

"촌스럽다. 너무 촌스러워. 입에 담기도 싫은데." 나는 솔직한 감상을 말했다.

"그렇지? '심퍼시 타워 도쿄', 너도 촌스럽다고 생각하지? 촌스럽다고 느끼는 게 내가 시류에 어둡고, 세련되지 못한 쇼와시대 사람이라서가 아닌 거지?"

"응, 정말 촌스러워. 마사키 세토의 센스인 건가."

"그보다 너의 센스." 그녀가 내 팔을 가볍게 만진다. "다쿠토, 왜 '도'를 넣은 거야? '도쿄 동정탑'이 아니라 왜 '도쿄도 동정탑'이라고 했어?"

"도? 왜 그랬지? 글쎄. 어쩌다보니."

"글쎄? 어쩌다보니? 그게 무슨 뜻이야? 믿을 수 없어."

그녀는 나에게서 시선을 돌리더니 무서울 정도로 진지한 눈빛으로 창밖을 바라본다. 마치 그곳에 미워해야 할 무언가가 나타나서 한순간도 눈을 뗄 수 없다는 듯.

"있지, 난 오늘 이 방에서 하루종일 타워의 이름에 대해

생각했어. '도쿄 동정탑'까지는 떠올랐지만, '도쿄도 동정탑'
까지는 생각 못했거든. 어째서 너는 일 초 만에 눈에 확 띄는
이름을 떠올린 거지? 센스 있는 라임을 자유롭게 구사하는
래퍼라도 되는 거야? 일본어를 어디서 배웠어? '도'가 있는
것과 없는 것은 하늘과 땅 차이. 하늘과 땅이 아니라 하늘과
석면 정도의 차이야."

그녀는 노트북에 새 메일 쓰기 화면을 띄우고 '도쿄 동정
탑' '도쿄도 동정탑'을 재빨리 타이핑해 나란히 보여준다. 불
현듯 떠오른, 아니 말이 잘못 나와 우연히 튀어나온 사고 같
은 나의 표현에 그녀는 감동까지 한 것 같았다.

"봐. 도쿄+도, 동정+탑. 좌우로 균형잡힌 단어 구조에
발음상으로도 리듬이 깔끔하고, 교도소에 어울리는 적절한
엄격함도 내포하고 있어. 이 정도로 확실하다면 분명 바벨
탑도 무너지지 않을 거야. 이것 말고는 더 생각할 수도 없어.
심퍼시 어쩌고 하는 것과는 비교도 안 되잖아? 골조가 덜거
덕거려서 호모 미세라빌리스도 안심하고 살 수 없을 거야.
적어도 나는 못 살아."

"이름 얘기잖아. 이름은 물질이 아니니까 건물의 구조랑

은 상관없지 않아?"

"진심으로 하는 말이야?" 그녀는 신기하다는 듯 나를 쳐다본다. "이름은 물질이 아니지만, 이름은 언어이고 현실은 언제나 언어로부터 시작돼. 정말이야. 이 육상 세계를 움직이는 건 수학이나 물리를 잘하는 인간이 아니라 말을 잘하는 인간이라고. 그래서 나도 꽤 쓰라린 경험을 해왔고. 너는 안 그래? 이건 말이지, 보기보다 훨씬 중대한 문제야. 비유하자면 일반 샤워헤드로 몸을 씻을 것인지, 울트라파인버블이 탑재된 샤워헤드로 몸을 씻을 것인지 하는 수준의 문제라고. 둔감한 사람은 0.3밀리미터의 포말이 0.000001밀리미터가 되든 말든 신경 안 쓸지도 몰라. 하지만 울트라파인버블 샤워기를 일 년간 계속 사용하면 확실히 피부 위생은 향상될 거야."

"일률적으로 향상된다고는 할 수 없을 것 같은데. 모공을 과도하게 씻으면 피부 본래의 장벽 기능이 망가지니까" 하고 나는 스킨케어에 일가견이 있는 사람으로서 의견을 덧붙인다.

모공에 관해서라면 나는 꽤 까다롭다. 피부 위생에 대해서는 잘 모르겠지만, 얼굴의 모공 크기에 따라 일생 동안 타인에게 동정받는 횟수는 확실히 달라진다. 그 일로 나도 꽤 쓰라린 경험을 해온 당사자이기에 이것만은 자신 있게 말할 수 있다.

그녀가 완전무결한 다른 비유를 떠올리기 전에 "그건 그렇고, 상당히 과감한 이름이네" 하고 말한다. "트럼프 타워 같은 졸부 취향의 타워를 상상하게 되잖아. 이러니저러니 해도 '교도소' 같은 명칭은 남길 줄 알았는데."

"사회 분위기상 '교도소'도 언젠가는 차별 표현이 될 테니 사용할 수 없는 걸지도 모르지. '교도'라는 말이 좋지 않아."

"'교도'가 차별? 그럼 '교도관'은 뭐라고 불러?"

"글쎄, 뭘까? 프리즌 오피서? 너무 직역이고…… 타워…… 타워 스태프? 심퍼시…… 심퍼시스트. 미세라빌리스…… 미세라빌리스 스태프. 미세라빌리스 매니저. 미세라빌리스 서포터. 미세라빌리스…… 메이트."

건축가 여인은 입안에서 단어를 중얼거리며 스케치북을 넘겨 제일 마지막 페이지에 글자를 휘갈겨 쓴다. 타워 스태프. 심퍼시스트. 미세라빌리스 메이트. 바탕의 보조선이 없으면 알아볼 수 없을 만큼 엉망진창인 글자가 웃겨서 나도 모르게 웃고 말았다. 글자라기보다는 추상화 같다, 사후에 비싸게 팔릴지도 모를 느낌이 드는. 그런데 보다보니 그 페이지에 이미 그려져 있던, 고양이가 할퀸 상처 같은 엉성한 선이 실은 전부 가타카나이며, 홈리스, 니글렉트, 비건…… 등 어엿한 의미가 있는 단어라는 걸 알게 되었다. 그래서 나는 가슴이 몹시 아팠다. 왠지 그럴 것 같다고 생각은 했지만, 아무래도 이 사람은 노이로제 같은―정확한 이름은 잘 모르겠지만 노이로제 같은 무언가―병에 걸린 것 같다는 예감이 확신으로 바뀐다. 그녀가 살고 있는 곳은 언어로 만든 집이 아니라 감옥이다. 창문도 달려 있지 않고, 환기도 할 수 없는 비위생적인 교도소. 늘 그녀가 하는 말을 간수가 감시하는 감옥.

나는 동정이라고 표현할 수밖에 없는 감정으로 가슴이 꽉 찬다. 아픈 그녀를 불쌍히 여긴 건지, 아니면 애처로운 가타카나의 증식을 일시적으로라도 막으려고 했던 건지, 나는 재채기를 참을 수 없는 사람처럼 불수의적인 움직임으로 건축가 여인의 등을 감싸안고 그 손에서 연필을 떼어낸다. 그녀가 살고 있는 차갑고 엄격한 감옥의 이미지와는 달리, 그 피부에는 손수 만든 보금자리 같은 온기가 있어 내 가슴이 작게 떨린다.

"배고프다. 빵이라도 훔치러 갈까."

"좋아. 가자."

저녁 여덟시가 넘은 호텔 1층 레스토랑에는 손님이 제법 있었는데, 다들 무슨 비밀이라도 품고 있는 양 조용하다. 과묵한 사람들 몫의 대화를 떠맡은 책임이라도 느끼는 것처럼 건축가 여인만이 저녁식사 내내 처음부터 끝까지 말을 이어나갔다. 레드와인과 화이트와인을 번갈아 주문하고, 웨이터에게까지 말을 걸고—"당신, 소아암으로 죽은 내 사촌 남동생과 얼굴이 똑 닮았어", 빵을 더 달라고 하고, 자기 얘기에 자기가 크게 웃고 숨을 들이마실 시간도 아깝다는 듯 말을 멈추지 않았다. 자랑과 실패담을 같은 비율과 열량으로 늘어놓았다. 주석 없이는 잘 이해할 수 없는 건축의 전문적인 내용, 뉴욕에서 어시스턴트로 일하던 시절, 과거의 연인 등에 대해 들려줬다. "그게 무슨 뜻이야?" 하고 끼어들어 말을 자르는 것도 조심스러울 정도로 그녀는 이야기의 내용과 순서를 자신이 직접 지휘하는 상황에 기분이 좋은 것 같았다. 혹은 어쩌면 내가 몸에 손을 댄 것 때문에 들뜬 걸지도 모른다. 그렇다면 좋겠지만 그건 그녀를 지나치게 단순화하는 생각일 수도 있다. 상대가 나와 비슷한 또래의 여자라면 모를까, 그녀는 서른일곱 살의 성숙한 여성이다. 마음에 든 연하 남성에게 살짝 안긴 정도로 들뜨진 않을 것이고, 기분좋은 건 단순히 와인과 식사 때문이라고 생각하는 게 일반적일지도 모르겠다.

"'도쿄도 동정탑'이라면 납득할 수 있어."

건축가 여인은 오일 파스타의 소스에 빵을 집요하게 적시면서 갑자기 화제를 바꿨다. 갑자기, 라고 느낀 건 나뿐이지 그녀의 머릿속에서는 일관성 있는 이행이라고 할 매끄러운 전환이다.

"그래도 '심퍼시'를 허용할 순 없어. 일본인이 본격적으로 흩어지는 결과가 될 거야. 잠깐, 이런 발언은 우파적이니까 하지 말아야 하나? 하지만 나는 미래가 보이거든…… 일본인이 일본어를 버리고 일본인이 아니게 되는 미래가 말이지. 이 빵이 내일 조식에도 나올 거라고 생각해? 과거의 일본인이라는 뜻이네. 이런 게 차별적인 건가? 저기, 누구한테 손을 써야 앞으로 탑의 명칭을 변경할 수 있을까? 마사키 세토에게 붙어서? 올리브오일이 아닌 오일도 들어 있지? 아님 내가 정치인이 되면 될까? 나한테 정치인의 자질이 있다고 생각해? 있잖아, 죽은 사촌 남동생이랑 여름방학에 바닷가에서 모래성을 만들며 놀던 때의 즐거운 기억이 말이야, 아까부터 머릿속에서 떠나질 않아, 내내. 그애는 자기가 어른이 될 수 없다는 걸 알고 있었어."

"그렇네. 정말로 정치인이 될 생각이 있으면, 마키나 씨는 어느 쪽으로도 해석될 수 있는 모호한 표현들을 공부해두는 게 좋겠어." 나는 그 많은 질문에 전부 답할 능력이 없으니 일단 두 가지로 압축해서 말했다. "하지만 탑의 이름만 바꾸려는 거라면 굳이 정치인이 될 필요는 없지 않을까? 마키나 씨가 공모전에서 당선되기만 하면 되잖아."

"어째서? 당선자에게 명칭을 변경할 권한은 없어."

"그렇지 않아. 공모전에 당선돼서 실제로 마키나 씨가 탑을 설계하면 TV에서 인터뷰를 많이 하겠지? 기자회견도 있을 테고. 그러면 심퍼시 타워 도쿄라고 부르지 말고 도쿄도 동정탑이라고 계속 말하면 되는 거야. 굳이 강조하지 말고 자연스레 '도쿄도 동정탑의 설계에서 공유할 중요한 콘셉트는……'이라든가, '제가 도쿄도 동정탑에 기대하는 것은……' 하고 태연하게 말이야. '마키나 씨, 그 부분은 심퍼시로 해주세요' 하고 옆에서 참견해도 신경쓰지 말고 '네, 그러니까 도쿄도 동정탑이라는 거죠, 요는. 똑같잖아요?' 하고 마키나 씨의 평소 모습대로 받아넘기고. 아니, 그보다 약간 비웃는 퍼포먼스가 있어도 좋겠다. '당신들, 이 글로벌 소사이어티에서 영어니 일본어니 언제까지 그런 스몰 띵스에 집착할 거야? 중요한 건 진심으로 그들을 심퍼사이즈할 수 있느냐 없느냐 아닌가?' 같은 느낌으로. 만약 '동정탑'이 정말로 '심퍼시'보다 어울리는 이름이라면 애칭으로 널리 퍼질 테고, 그러면 '심퍼시'는 조만간 알아서 잊히면서 하룻밤 자고 일어날 때마다 사람들 기억에서 사라지겠지. 그렇게 다들 잊어버리면 정식 명칭을 말하는 게 부끄러워질 테고, 결국 그런 부끄러움을 견디지 못하는 게 일본인이니 사실상 없었던 일이 될 거야. 아니, 그렇게 만드는 거지. 사라진 2천 엔짜리 지폐처럼 없었던 일로 해. 그렇게 만드는 거야. 그러니까 우선은 마키나 씨가 공모전에 당선돼서 멋진 타워를 지으면 되는 거야."

나는 지극히 진지한 조언을 했다고 생각했는데 그녀는 눈물까지 글썽이며 "다쿠토의 농담 좋아"라며 씁쓸하게 웃는다. 레드와인이 섞인 침이 입가에서 피처럼 흘러내린다.

"나도 너같이 둥실둥실 달아나는 구름처럼 얘기해보고 싶어, 할 수만 있다면. 어디서 일본어를 배운 거야?"

그 목소리에 멀리 떨어진 자리에 앉아 있던 남자 손님이 뒤를 돌아보더니 건축가 마키나 사라를 알아본 듯한 기색을 한다. 그가 동행한 여자에게 작은 소리로 뭐라고 말하자 여자도 곁눈질로 그녀를 쳐다본다. 정말이네, 마키나 사라야. 동행한 여자가 소리는 내지 않고 눈빛으로만 놀란 듯 크게 한 번 고개를 끄덕인다. 나는 그들의 눈에 내가 어떻게 보일지 신경쓰여 급격히 식욕이 떨어졌다. 마키나 사라의 어린 연인으로 보았을지, 아니면 아들이라고 생각했을지. 아들이라기엔 너무 장성했다고 생각했을지, 아니면 부유한 여성에게 금전적인 지원을 받으며 데이트하는 가난뱅이로 보았을

지. 건축가 여인의 얘기에 집중하려 했지만 나의 영혼적인 무언가는 저쪽 테이블에서 식사를 하고 있는 것 같았다.

나의 영혼적인 무언가 따위를 물론 알 리 없이 건축가 여인은 젤라토와 디저트와인을 먹기 시작했다. 그사이 그녀는 데생할 대상을 관찰하는 눈빛으로 영혼적인 무언가가 빠진 나를 바라보며 몸에 붙은 부품 하나하나를 언어로 묘사해갔다. 두개골과 귀와 쇄골의 형태에 관한 언급은 특히 세밀했다. 거울로 보지 않고 내 육안만으로는 확인하기 어려운 부위다. 그녀는 '아름다워'라는 형용사를 지나치게 사용하는 자신에 대해 '어휘력이 빈약해, 나는 가난한 사람이야' 하고 자기 비판으로 얘기를 끝맺었다. 그리고 소아암으로 죽은 가엾은 사촌 남동생과 똑 닮은 웨이터를 불러 일본인의 대다수가 소지하는 카드보다 약간 질량이 무거운 카드로 계산했다. 그러게요, 식사비만큼 가난해졌네요, 라고 나는 말하지 않았다.

"난 경기장 주변을 산책할 건데 다쿠토는 어떻게 할래?" 하고 물어보기에 따라가기로 한다. 그녀를 혼자 걷게 하는 게 걱정돼서였는데, 그 판단은 틀리지 않았다. 호텔을 나와 경기장의 불빛이 보이자 그녀는 빛에 빨려들어가는 쇠약해진 벌레처럼 휘청거리며 걷다가 차가 오는 줄도 모르고 도로를 가로지르려 해서 나는 그 팔을 세게 잡아당겨야 했다. 그녀를 그렇게 만든 게 어쩌면 알코올만은 아니다. 나는 누군가가 이 사람을 지탱해줘야 한다고 생각했다. 뭐라도 해주고 싶고, 뭐라도 할 수 있으면 좋겠다고 생각하면서도, 뒤를 따라가는 것밖에 할 수 없었다. 또 거기서 어머니의 등을 본 나는 지금 누구의 뒤를 따라가고 있다고 말할 수 있을까.

바로 가까이에서 경기장의 불빛을 받으니 내 몸이 빛을 발하는 것처럼 보여, 이것이 인체의 초기 설정값이라면 피부가 거칠어지는 걸 신경쓰지 않아도 될 텐데, 하고 생각했다. 건축가 여인과 건축업계 사람들에게 이 건물이 특별한 의미를 지닌다는 건 어렴풋이 알고 있었다. 외국의 유명한 건축가가 설계했다. 건설 비용 문제로 악성 댓글이 쇄도했고, 완공 후에도 비판을 받았다. 칭찬도 받았지만 더 많은 비율로 내 눈에 띈 건 비판하는 쪽이었다. 경기장이 누군가에게는 행복이고, 누군가에게는 악몽이었다. 하지만 나에게는 그저 돈이 많이 든 무의미한 콘크리트 덩어리였다. 지금까지 본 것 중 가장 거대한 건물일지도 모른다. 하지만 한 번 보는 걸로 충분하다. 하룻밤 자고 나면 잊어버릴 것이다. 내일 도쿄돔과 바뀌더라도 별로 개의치 않는다. 어떤 사람들에게는 올림픽이나 패럴림픽이나 월드컵이나 홍백가합전*이나 국회 따위가 어떻게 되든 진심으로 별 상관없는 것처럼, 경기장이 있든 없든 내 인생에는 아무런 영향도 미치지 않는다. 거액의 세금이 쓰인 것도 고액 납세자가 아니라서 그런지 별로 화가 나지 않는다. 나와 상관없는 곳에서 여러 가지 일들이 멋대로 벌어지는 상황에는 익숙하다. 태어났을 때부터 대부분의 일이 내가 관여할 수 없는 먼 곳에서 벌어지고 있었다.

그녀는 호텔방에서 그랬던 것처럼 누군가와 통화하듯 혼잣말을 중얼거리며 경기장 외벽을 손등으로 쓰다듬으면서 걸었다. 반 바퀴를 돌았을 때 만족한 듯 몸을 돌려 왔던 길을 되돌아가더니, 교차로를 건너 바로 앞에 있는 조각(호리우

---

* 일본 공영방송 NHK에서 매년 12월 31일에 방영하는 팀 대항 형식의 음악 프로그램.

치 마사카즈[*] '부피가 동일한 다섯 개의 반원기둥'이라는 푯말이 걸려 있다)을 만져보고 눈을 가늘게 뜨고서 세부를 관찰했다. 당장이라도 무너져내릴 듯 밸런스가 불안정한 조각 작품이 정신을 차리게 했는지 멍하던 그녀의 눈동자가 돌연 날카로워졌다. 그리고 목적 없던 산책에 갑자기 명확한 목적과 의미가 생긴 것처럼 그녀는 야무진 발걸음으로 도쿄 체육관의 육상 경기장과 실내 수영장을 지나갔다. 교차로에서 오른쪽으로 꺾었을 때 그녀는 "정말로 싱글룸이 없었어"라며 생각에 잠긴 듯한 낮은 목소리로 말했다. "그러니까 묵지 않아도 괜찮아. 물론 묵어도 되고. 좋을 대로 해. 그런데 그전에, 언어와 현실이 괴리되기 시작하기 전에 정리해두고 싶어. 안 그러면 내가 쓰러질 것 같아서. 있잖아, 나랑 다쿠토처럼 나이와 소득이 차이 나는 사이에 이렇게 데이트를 하는 상황을 객관적으로는 '마마 활동'이라고들 불러. '마마 활동' 알지?"

"응. 객관적으로는 그렇지." 나는 고개를 끄덕인다.

---

[*] 일본 추상조각의 선구자로 꼽히는 예술가.

센다가야역으로 전철이 들어오는 모습이 전방에 보인다. 사람이 전철에 실려가는 광경—수평으로 이동하도록 설계되지 않은 생명체가 수평으로 이동하는 그림—이 나는 예전부터 참을 수 없이 이상했지만—수평 상태가 되어서까지 집단 이동을 당하는 의미를 모르겠고, 이 이상함을 이해해줄 사람이 얼마나 있을까.

"'파파 활동' '마마 활동'도 내 언어 감각과는 양립할 수 없는 네이밍 센스인데—왜 '아빠 활동' '엄마 활동'은 안 되는 걸까—일단 지금 일본 사회에는 그런 호칭이 일반적으로 침투하고 있어. 하지만 나한테는 다쿠토의 '마마'라는 자의식이 조금도 없어. 물론 '엄마'라고도 생각하지 않지만."

"나도 내가 마키나 씨의 아들이라고는 생각하지 않아." 나는 3, 40퍼센트 정도 거짓말을 한다. 그렇더라도 나중에 제대로 생각을 정리한 후 정정할 계획이므로 정확히 말하면 진짜 거짓말은 아니다.

"그래. 그렇다면 우리의 관계성을 '마마 활동'이라고 부를 순 없는 거네, 그럼 합의됐고. 그래서 이 관계에 대해 보다 현실에 상응하는 말을 주관적·객관적으로 생각해보자면······ '나는 너의 아름다움을 착취하고 있다'라고 할 수 있을 것 같아. 상처받았어?"

"아니."

그런 것에는 정말로 상처받지 않는다. 주관적으로나 객관적으로나 그녀의 눈에 내가 아름답게 보였다는 사실에 만족했고, '착취'까지는 관심이 미치지 않는다. 그녀는 '착취'라고 말했지만 아무리 그녀와 시간을 보낸들 나의 아름다움은 훼손되지 않는다. 얼굴 모공이 추하게 커질 일도 없다.

"예전부터 내 안에는 아름다운 것을 곁에 두고 싶어하는 욕망이 있어. 도저히 제거할 수 없는, 유전자에 내재된 추악한 욕망 말이지. 원래는 이성으로 극복해야 하는 욕망인데, 나는 내 의지······ 의지가 약해서. 그게 나의 약한······ 약점······ 극복해야 하는."

그녀는 희한한 타이밍에 침묵한다. 그리고 잠시 후 머릿속에 있는 누군가와 상의하고 확실하게 허가를 받았다는 듯한 기색으로 돌아와 말을 재개한다.

"나는 나약해. 나의 나약함을 알고 있어. 그 나약함 때문에 이 세상 도처에서 아름다운 형태와 질감을 지닌 견고한 건축물을 눈 밝게 찾아내는 거야. 그 아름다움을 겨냥해 보잘것없이 작은 나의 이성을 아무리 투척해도 산산이 부서져 버려. 부적절하다고 생각하지만 아름다운 것을 감상하며 술을 마시거나 대화를 나눌 때가 최고로 행복해. 무엇과도 바꿀 수 없는 기쁨이야. 태어나길 잘했다 싶어. 이건 입 밖으로 내뱉어선 안 되는 말이지만, 아름답지 않은 형태와 질감을 지닌 물체는 단 하나도 시야에 넣고 싶지 않아. 그래서 추한 형상이 압도적으로 많은 현실을 가끔은 견디기 힘들 때가 있어.

그런 세상에서 너처럼 예쁜 건축물을 발견하면, 인간이 이렇게까지 아름다울 수 있구나, 하고 희망을 가질 수 있어, 이 나약한 내가. 네가 생각하는 것 이상으로 나는 너한테 힘을 얻고 있어. 그 대가를 제대로 지불하고 싶은데. 식사를 대접하는 것뿐 아니라 혹시 네가 원한다면 현금을 주고 싶기도 해. 보수 관리에 상응하는 비용이 필요한 건 건축물이나 인간이나 똑같잖아. 아까 호텔방에서 네가 나를 안아줘서 기뻤어. 네가 좀더 다가와 내 안으로 들어온다면 나는 분명 하늘에 오른 듯한 기분이 들겠지.

그렇지만 아름다움을 착취하는 것과 성적으로 착취하는 것은 내겐 차원이 다른 얘기야. 연장선상에 있는 것도 아니고. 그래서 부탁하는데, 혹시 나한테서 조금이라도 성적인 피해를 입었다고 느낀다면 그 순간에 나를 죽여줬으면 좋겠어. 네가 받은 고통에 상응할 때까지 괴롭힌 다음에 확실하게 죽여줘. 성 가해자가 살아서는 안 되니까, 일 초라도."

제한 높이 3.3M라고 표시된 센다가야역의 고가도로 밑으로 들어간다. 시야에 들어오는 명암의 농도가 달라지고, 그녀의 목소리가 콘크리트 벽 속에서 울려퍼진다. 그렇게 걷고 있자니 내가 그녀의 목소리 속에서만 존재할 수 있을 것 같은 이상한 착각에 빠지는 순간이 몇 번 있었다. 그런데 만약 그런 존재가 있어도 별로 이상한 일이 아니라고 나 스스로 평범하게 납득하는 게 이상하다. 정말 이상하고 웃기지만 어떻게 설명해야 그 의미를 타인에게 전달해 웃게 할 수 있을지, 그럴듯한 말을 찾지 못한 채 어두운 장소에 맞춘 듯 화제가 비밀스럽게 변해가는 것을 그저 듣기만 한다.

"원래 나는 공동 작업을 잘 못하거든. 좋은 기분을 느껴야 할 타이밍을 스스로 관리할 수 없으면 스트레스가 쌓여서 어쩔 도리가 없어. 무슨 말을 하고 싶은 거냐면, 호텔로 돌아가면 나를 안아야 한다든가 성욕을 느껴야 한다든가, 그런 생각은 하지 말아줘. 나는 너를 아주 좋아하고, 내가 좋아하는 사람이 상처받지 않았으면 좋겠어. 좋아하는 사람에게 상처받았다는 기억을 주면 안 돼. 단 일 초도. ……이런 얘기를 하는 여자가 여기 있다고 치고, 너는 어떻게 생각해?"

나는 시야가 밝아지기를 기다렸다가 대답한다.

"있다고 치고, 같은 가정법을 일일이 사용하지 않아도 건축가 마키나 사라라면 여기에 있지. 내가 보고 있고, 듣고 있어."

있구나. 그녀는 처음으로 그 사실을 알았다는 듯 중얼거린다.

고가 아래를 지나 다시 몇 분 걷자 소규모의 저층 빌라가 늘어선 주택가에 고요히 신주쿠 교엔의 센다가야 문이 모습을 드러냈고 그녀가 발걸음을 멈췄다. 울타리에 손을 얹고 기대어 교엔 내부를 응시하며 주변에 인기척이 사라지고 매미 소리만이 몸안에 가득해지기를 기다린다. 그리고 아마 그렇게 하리라 예상하지만 현실에서 일어날 때까지는 믿을 수 없는 행동을 그녀는 아주 쉽게 해버린다. 하이힐을 벗어 핸드백과 함께 울타리 너머로 던져버린다. 돌담에 발이 걸려 '신주쿠 교엔 이용 안내' 간판을 차면서도 "이 울타리의 녹슨 부분을 조심해" 하고 냉정하게 조언하는가 싶더니, 문설주 돌 위에 서서 나를 내려다보며 "어때? 필라테스로 단련한 내 유연성이" 하고 미소 지으며 어느새 저쪽 세계로 몸을 획 옮긴다. 나는 "지배욕이 강해서"라고 했던 그녀의 말을 떠올렸다. 그녀가 수학자가 아니라 건축가가 된 이유는 지배욕이 강해서이고, 건축가 여인이 지배하고 싶었던 건 현실 그 자체였다. 그런 당연하다면 당연한 사실을 새삼 깨달았을 때 이미 그녀는 센다가야 문의 시계 밑을 통과했고, 우리가 같은 인간이면서 다른 인간이라는 그 결정적 차이의 정체를 알게 했다. 그녀는 정말로 미래를 볼 수 있고, 나는 미래를 볼 수 없다. 다음 순간, 내일, 내년에 자신이 어디에서 무엇을 하고 있을지가 보이기에 그녀는 멈추지 않고, 심지어 닫힌 문도 가볍게 뛰어넘을 수 있다. 보인다고 하면 초능력을 말하는 것 같지만 아마 그런 것과는 다르게 보이는 미래의 비전을 그녀는 그저 마음속 깊이 믿고 있다. 그렇기에 의문도 두려움도 품지 않고 답을 확인하듯 비전을 따라가다보면 어느새 저절로 현실이 되어 있다. 나는 어딘가에 미래가 있다는 것을 남의 말로만 들었을 뿐 진심으로 믿어본 적이 없다.

그녀의 뒷모습이 먼 미래로 가도 나에게 보이는 것은 여전히 현재와 과거뿐이다. "가지 마, 불법 침입이야" 하고 내 목소리가 과거에서 들려온다. 가지 마, 엄마. 법은 지켜야 하는 거야. 범죄자가 되면 함께 살 수 없을 거야. 규칙이 있는 세상에서 살아가는 이상, 규칙은 지켜야 하는 거야.

문을 닫은 심야의 신주쿠 교엔은 낮에 산책했던 정원과는 다른 얼굴을 하고 있었다. 그렇다기보다 그 공간과 나의 관계성이 전혀 다른 것으로 바뀌었다. 내가 교엔을 걷는 게 아니라 교엔이 나를 걷게 했다. 뭐랄까, 내 안에 원래부터 있던 생각이나 감정이 교엔에 불어오는 바람과 나무와 잔디밭으로 옮겨간 듯한 기분이었다. 마음이 술렁이는 건 내가 불안하기 때문이 아니라 빽빽하게 들어찬 나뭇잎이 서로 마찰하며 내는 소리를 내 마음이라고 오해해서일 뿐인데, 마음보다 나무가 훨씬 크기에 불안은 쓸데없이 더 커진다. 나뭇잎 한

장 한 장의 소리가 번역되기를 기다리는 비밀의 메시지로 들린다. 그리고 정답이야 뭐가 됐든, 사람들이 말言葉을 잎葉에 빗대어 불러온 이유가 내 귓구멍을 통해 온몸으로 스며들어 이해된다. 모든 말들이 그런 식으로 내장에 잘 안착되면 말과 현실이 따로 분리되지 않아도 되고, 그러면 그녀도 감옥에서 나올 수 있을 텐데.

한번은 그녀의 모습을 놓쳐서 심장이 멎을 뻔했는데, 연못 다리를 건너 스타벅스를 지나 광활한 잔디밭 한가운데에 멈춰 서 있는 것을 발견했다. 파괴된 도시에 남겨진 마지막 인간, 같은 서글픔을 머금은 그녀는 바닥에 여러 겹 쌓인 나무판자를 발끝으로 뒤집고 있다. 오후에 있었던 시위에서 사용된 플래카드였다. 깜빡하고 놓고 간 건지, 아니면 내일도 시위를 할 거라서 일부러 둔 것일지도 모른다. 가장 크게 눈에 띄는 네모난 플라스틱 플래카드에는 '호모 미세라빌리스'라는 글자가 적혀 있고 그 위에 검은색 붓으로 ×가 그려져 있다. 범죄자는 범죄자입니다. 동정은 피해자에게. 마사키 세토는 일본을 추락시킨 악마. 마사키 세토를 용서하지 마라. 범죄자에게 세금을 쓰지 마라. 도쿄를 망치지 마라. 강한

바람이 불면 얇은 나무판자와 골판지로 만든 명령형 단어들
이 쓰레기와 나뭇잎 사이를 굴러다닌다.

신주쿠 교엔에 세워질 새 교도소가 스카이 트리와 도쿄
타워 다음가는 높이라는 기사를 며칠 전 인터넷에서 본 적이
있다. 시선을 멀리 돌리자 우거진 나무들 사이로 샤프 펜촉
같은 도코모 타워가 3분의 1쯤 얼굴을 내밀고 있기에 저것
보다도 높은 건가 하고 상상해봤다. 그 높이는 나에게도 도
쿄 시민들에게도 큰 의미가 될 것 같다. 국립경기장이 아무
리 크고 기발한 디자인이어도 실제로 현장에 가까이 가지 않
는 한 일상적으로 의식할 일은 없다. 하지만 고층 건축물은
다르다. 신주쿠 어디에서든 볼 수 있을 테고, 신주쿠가 아니
더라도 전망 좋은 장소에서라면 쉽게 찾을 수 있을 것이다.
탑이 있는 풍경이 삶의 일부가 되는 사람도 생긴다. 예를 들
어 매일 아침 커튼을 열 때마다 동정을 강요당하는 기분을
느끼는 사람이. 내 느낌으로 말하자면 '동정심을 강요하는
것'은 명백한 폭력이지만, 개중에는 동정심이 우월감과 결부
되어 좋은 기분을 느낄 사람도 있을지 모른다. 어느 쪽이 됐
든 많은 사람의 정신을 좌우하기에 충분한 높이다.

플래카드에 적힌 글자를 물끄러미 읽고 있는 그녀에게 따라붙어 "『호모 미세라빌리스』는 읽었어?" 하고 묻는다. 책 얘기를 계기삼아 그 반응에 따라 비밀을 털어놓을까 싶다.

"읽었지. 읽었다고 해야 하나, 오디오북으로 들었어."

"제2장에 나오는 A씨라고, 기억해?"

"A씨" 하고 말하며 먼 기억을 더듬듯 관자놀이에 손가락을 대고 눈을 감은 그녀를 보고, 나는 "마키나 씨는 호모 미세라빌리스를 어떻게 생각해?" 하고 질문을 변경한다. "강간범과 살인범이 행복하게 살기 위한 탑을 정말로 지어야 한다고 생각해? 이런 도심 한가운데에 영어 이름으로 된 탑을 세우는 게 소셜 인클루전*인지 웰빙인지 모르겠지만, 앞으로 모든 것이 공평하고 평등하고 좋게 바뀌어갈 수 있을까?"

"그렇게 물어도 내가 답하기는 어려워. 범죄와 인연이 없는 인생이었으니까. 의견을 낼 수 있는 입장이 아니야."

"마키나 씨는 그냥 건축가일 뿐이지. 사회에 대해 정통한 의견을 요구하는 게 아니니까 정치인처럼 부담스러워할 필

---

* 누구도 배제되지 않고 서로 도우며 함께 살아가는 사회를 뜻하는 개념.

요는 없어. 그냥 내가 개인적으로 마키나 씨의 생각을 알고 싶을 뿐이야. 부적절한 말을 해도 되고 차별적이어도 상관 없어."

"난 알아. 호모 미세라빌리스에 대해 한 번이라도 입을 열면 분명 하지 말아야 할 말을 해버릴 거야. 그러니까 말하라고 하지 말아줘. 말해선 안 되는 것을 말할 순 없어. 누구에게도 상처를 줘선 안 돼. 나는 내 모든 말과 행동에 책임을 져야 해."

그녀는 눈을 감은 채 자신을 향해 만트라라도 외우듯 말했다. 흔들리는 지반 위에 서 있는 건가 싶을 정도로 목소리가 떨렸다.

"응. 하지만 여기엔 마키나 씨와 나뿐이야. 다른 사람이 있을 리 없잖아. 문 닫은 교엔 안에 제대로 된 사람은 아무도 없어. 나는 마키나 씨한테 상처받기를 바라는 것 같아. 해서는 안 되는 말을 듣고 엄청나게 상처받고 싶어하는 것 같아."

"싶어하는 것 같아?" 그녀는 먼저 자신이 엄청나게 상처받은 듯한 얼굴로 웃는다. "다쿠토가 왜 그런 생각을 하는 건지 모르겠어. 스스로 상처받기를 바라는 사람이 어디 있겠어?"

"나도 모르겠는데…… 아마 언젠가 정말로 상처받기 전에, 얼굴도 모르는 타인한테 상처받기 전에, 우선 마키나 씨한테 상처를 받고 싶은 걸지도 몰라. 두 번 다시 일어설 수 없을 정도로 너덜너덜해지게 상처받고, 인간의 존엄성이든 희망이든 뭐든 통째로 빼앗긴 뒤 나에게 무엇이 남았고 남지 않았는지를 보고 싶은 것일 수도 있고."

"그건 어려워. 그러니까, 해서는 안 되는 말을 해버리면 나는……"

그녀는 다음 말을 잇지 못하고 완벽하게 중립적인 미소를 지으며 나에게서 눈을 돌렸다. 그리고 어디서부터 잘려도 상관없다는 듯 목을 드러내고 바로 위 하늘을 올려다보며 허공을 향해 말하기 시작했다.

……제가 지금 서 있는 이 자리가 바로 도쿄도 동정탑의 입구가 됩니다. 탑의 건설과 함께 새롭게 문을 여는 '동정문'에서부터 질서정연한 플라타너스 가로수를 모두 통과하면 탑의 전체 모습이 드러납니다. 이렇게 이미지를 떠올려보세요. 국립경기장과 도

쿄도 동정탑—자하 하디드와 사라 마키나라고 바꿔 말해도 좋겠네요—은 서로 닮은 부모 자식 같은 존재라고. 입구 구역에는 국립경기장의 곡선형 스카이 브리지와 연결되는, 다이내믹하게 물결치는 유선형의 큰 계단을 배치합니다. 경기장에서 걸어서 탑을 방문하는 사람들이 이 두 영혼의 연결을 촉각적으로 체험할 수 있는 공간을 디자인함으로써 도시에 조화로움을 부여하는 것입니다. 또한 이 탑은 쿄엔의 방문객뿐만 아니라 경기장에 있는 8만 명의 선수와 관중의 시야에도 영향을 줍니다. 탑을 올려다볼 그 사람들에게 내부와 외부, 양면에서 인류의 평화와 인간의 존엄을 실감할 수 있는 건축적 체험을 제공하고자 합니다. 이 두 건축물은 형태와 용도가 완전히 다르지만 그 바탕에 깔린 정신은 동일합니다. 즉 호모 미세라빌리스와 호모 펠릭스가 공통의 기쁨과 고통을 함께 나누는 평등한 동지이며 동일한 평화를 희구하는 인류임이 이 도시의 중추에서 표현되는 것입니다. 큰 계단에서부터 탑의 저층부를 쿄엔 방문객과 구민에게도 개방하는 퍼블릭 스페이스로 조성해 동정·공감·연대를 키우는 장을 만듦으로써 서로 다른 배경과 생각을 존중하고 다양성을 인정하며 공생하는 상징으로서의 입구가 실현될 것입니다. 내부로 들어서면 마치 건물의 내부가 아닌 듯한 일종의 모순된 느낌을 맛보게 됩니다. 이 탑은 중심으로부터 원주상의 어느 지점이라도 거리가 동일하게 완벽한 홀 케이크 같은 원통형 구조를 이루고 있어, 정면·후면이라는 개념이 존재하지 않고 주 출입구 또한 존재하지 않기에……

　도쿄도 동정탑은 건축가 여인의 입에서 순조롭게 지어지고 있었지만, 결코 그것이 마키나 사라가 하는 말이라고는 생각할 수 없었다. 그녀가 쌓아올리는 말이 무언가를 닮은 듯해 기억을 더듬어보니 AI가 구축하는 문장 같다는 걸 깨달았다. 마치 세상 사람들의 평균적인 소망을 집약시킨, 또한 비판의 여지를 최소화한 모범적인 답변. 평화. 평등. 존엄. 존중. 공감. 공생. 질문을 입력하자마자 스크롤을 재촉하는 성급한 글자들이 뇌리에 떠오른다. 그것들이 긍정적이고 빈곤한 말을 쏟아내는 모습을 일단 상상하자, 아무리 그녀의 목소리로 말하고 있어도 모든 것이 AI-built의 언어로만 들려왔다. 그리고 왠지 나는 문장생성형 AI에게 연민 비슷한 감정을 느꼈다. 불쌍하다는 생각이 들었다. 타인의 말을 조각조각 이어붙여 만든 문장이 무엇을 의미하고 누구에게 전달되는지 알지도 못한 채, 그저 주어진 글자를 계속 나열해야 하는 삶이란 무척이나 공허하고 괴롭지 않을까. 그렇게 동정하는 마음이 드는 것이다. 그러나 물론 AI에게는 고통도 기쁨도 인생도 없고 상처받을 일도 없으니 이건 별 의미 없는 동정이다. 인간이라고 해서 누구나 쉽게 말을 다룰 수 있는 건 아니지만, 적어도 인간은 말하고 싶지 않을 때 침묵할 수 있다.

나는 AI의 문장이 그녀의 입에서 나와 내 귀를 통과해 머릿속에 확실한 감촉을 가진 견고한 탑으로 건설되어가는 과정을 신기한 기분으로 바라보았다. 디테일이 더해지고 내부 상황이 차차 선명해지자, 탑은 답답하다는 듯 내 비좁은 머리를 뛰쳐나가 잔디밭과 플라타너스 가로수 중간의 아스팔트 길 위로 주소를 옮겼다. 하늘을 향해 뻗어나가는 탑은 농밀한 교엔의 밤하늘을 딱 절반으로 쪼갰다. 둘러치듯 고리 모양으로 고르게 난 무수한 창문에서 금빛 광선이 뿜어져나왔다. 쉽게 망상이라고 치부하기엔 거부감이 들 만큼 현실적인 질량을 가진 탑이 눈앞에 있었다.

탑은 이미 숨길 수 없이 도쿄 한복판에 지어졌다. 하지만 나에게 그 건축물은 어떻게 보더라도 파괴로만 보인다. 미사일이나 폭탄이 투하된 것과 다를 바 없는, 돌이킬 수 없는 파괴. 파괴는 마치 어느 경기장처럼 매우 아름다운 자태를 하고 있기에 앞으로 많은 사람들이 그것을 '창조'라고, '희망'이라고, 혹은 '평등의 상징'이라고도 부를 것이다. **서로 다양성을 인정하며 공생하는** 것은 정말 멋진 일임이 틀림없다. 하지만 그때 내 눈에 비친 건 잘못 보려야 볼 수 없을 만큼, 그 어떤 이견도 인정할 수 없을 만큼 압도적인 파괴였다. 그것이 '파괴'임을 모두가 인정할 수 있도록 설득할 만한 단어가 나에게는 없었지만, 그것은 파괴였다. 그리고 고액납세자도 아니고 세상에 아무런 영향력도 없는 일개 시민이 파괴에 대해 할 수 있는 일은, 파괴 이후 새로운 세계의 규칙을 누구보다 빨리 익히고 적응하는 것뿐임을 나는 알고 있다. 그렇게라도 하지 않으면 살아남을 수 없다. 지금까지도 그랬고 앞으로도 그럴 것이다.

거대한 탑의 출현은 내 안에 원래 있던 생각과 감정까지도 함께 머리 밖으로 끌어내는 것 같다. 스스로가 텅 빈 구멍이 되어감을 느끼며 갑작스럽고 폭력적인 빛 속에서 현기증이 인다. 탑은 의지를 갖고 있고, 탑이 나를 강하게 원하고 있다는 것이 내 몸에 전해진다. 탑의 요청에 응해야 한다. 그 안에서 내가 살아야 한다. 동정받아야 한다. 그런 이해할 수 없는 의무와 단정의 말들이 모공에 물이 스며들 듯 온몸으로 계속 퍼져 나를 다 먹어치운다. 그리고 의미를 알 수 없었던 말들이 어느새 그 무엇보다 옳은 말처럼 느껴지는 날이 도 래하리라는, 경험에서 비롯된 아주 불길한 예감이 든다. 나 는 그것에 저항할 말도 없고, 저항할 의미도 느끼지 못했다. 정신을 차렸을 때 내 의식은 완전히 탑 속에 삼켜졌다. 그래 서 탑을 건축하는 소리가 진작에 끊긴 것도, 건축가 여인이 땅바닥에 쓰러져 있는 것도, 그 무엇도 나는 느낄 수 없었다. 그녀가 자기 자신을 두 팔로 끌어안은 듯한 자세로 원기둥 탑의 밑바닥에 누워 있는 모습을 발견하고도 나는 그게 누구 였는지조차 기억나지 않을 정도였다.

　엄마? 하지만 그녀의 깨문 입술에 피가 번져 있는 것을 보고 다른 사람이라는 걸 알았다.

　마키나 씨.

　그녀의 이름을 부르자 내 얼굴 위로 눈에 보이지 않을 만큼 미세한 입자가 내려온다. 모래였다. 콘크리트가 굳기 전의 모래다. 그런데 왜 모래가? 하고 생각할 틈도 없이 탑을 지탱하는 튼튼한 기둥이 맥없이 무너져내린다. 대량의 모래 무게가 순식간에 건축가 여인을 덮치는 것을, 나는 검은 모래 연기 속에서 보고 있다. 그런데 그건 정말로 무엇이었을까. 탑 밖에 있던 시절의 기억은 꿈과 구별이 안 될 만큼 모호해졌고, 모호한 것은 단순히 기억력 때문이 아니다. 어느 쪽이 외부이고 내부이며, 어느 쪽이 과거이고 미래인지, 내가 예전에 어떤 말을 썼는지조차 잊어버리려 하는 것 같다.

■

Takt:【아래의 문장을 자연스러운 일본어로 번역해줘.】

「Between Sympathy Tower Tokyo and Tokyo-to Dojo-to: Interior of the "Prison" Tower in Tokyo」

By Max Klein, Aug. 2030

This is my third visit to Tokyo. The first time was during the 2020 Tokyo Olympics⋯⋯⋯⋯

AI-built:【자연스러운 일본어로 번역하면 아래와 같습니다.】

「심퍼시 타워 도쿄와 도쿄도 동정탑 사이: 도쿄의 '교도소' 타워의 내부」

맥스 클라인, 2030년 8월

도쿄를 방문하는 건 세번째다. 첫번째는 십 년 전인 2020년 도쿄 올림픽 개최 당시, 감염병 대책 격리 기간과 맞물려 60일간 머물렀다. 그 기간 동안 멋진 일본인 여성 나오미와 사랑에 빠졌고, 첫 도쿄 방문은 좋은 추억으로 남았다. 두번째는 일본의 남성연예기획사 사상 최악의 스캔들이 터졌을 때. 취재 자체는 약 일주일로 끝났지만 멋진 일본인 여성 교코와 사랑에 빠져 귀국을 이 주일 늦췄다. 취재 성과는 각각 '목숨보다 중요한 스포츠: 팬데믹의 올림픽' '미소년의 미소는 누구의 것인가?: 성욕과 침묵이 낳은 음악'이라는 제목으로 공개됐으며 기사는 현재 무료로 읽을 수 있다. 나오미와 교코는 잘 지내고 있을까? 고작 몇 주간의 관계였지만 나는 그녀들의 황금빛으로 빛나는 비단결 같은 피부를 진심으로 사랑했다. 이건 절실한 고민인데, 나는 일본인 여성과 사랑을 나누고 나서부터 그녀들을 망상해야만 자위를 할 수 있는 몸이 되었다. 벌거벗은 일본인 여성이 내 머리를 두 팔로 꽉 누르고 있는 망상이다. 일본인 여성이 내 머리 위에서 모음이 강한 일본어 억양의 영어로 "쏘 굿!" "패스터!" "아임 커밍!"이라고 외치는 소리만이 나를 참을 수 없이 흥분시켜 이 지상의 천국으로 인도해준다. 일본인 여성과 메이크 러브 하기 위해 내가 이 세상에 태어난 게 아닐까 하는 생각은 날로 강해졌고, 세번째 도쿄 방문으로 그건 더욱 확신에 가까워졌다.

나를 잘 모르는 분들을 위해 먼저 충고해두겠다. 위의 두 기사는 일본인 차별을 조장하는 표현이 곳곳에서 보인다는 평가를 받았고, 이후 세간에서는 "맥스 클라인은 인종차별주의자"라고들 말한다. 아무래도 "우치와 소토*를 구분하면서도 화합을 중시하는 국민성이 일본인의 뇌를 얼어붙게 한다"라고 선동한 게 문제

---

* '안과 밖'이라는 원래 뜻에서 그 의미를 확장시켜 자신이 속한 가정, 회사, 학교 등을 '우치(內)', 그 외를 '소토(外)'라고 구분하는 일본의 문화.

였던 모양이다. 지금은 일이 급감했고, 매일 수십 건의 저주 메일이 날아온다. 인종차별주의자가 아님을 증명하는 일은 상당히 어렵지만, 내가 타인에게 상처 주지 않고 진실을 전달하는 고도의 집필 스킬을 갖추지 못한 삼류 저널리스트임은 부정할 수 없다. 만약 품격 있는 독자가 실수로 이 저속한 가십 사이트에 접속해 본의 아니게 계속 기사를 읽어야만 하는 상황이 닥치면, 통째로 글을 복사&붙여넣기 해서 "썩어빠진 인종차별주의자의 개똥 같은 글을 고급 문장으로 고쳐줘" 하고 문장생성형 AI에게 부탁하는 편이 좋겠다. 대체 가능한 매문가의 일거리를 빼앗으려 하는 빌어먹을 AI의 올바른 사용법이다. 이번 주제는 일본의 획기적인 교도소에 관한 것으로, 그 어느 때보다 편견으로 가득한 문장이 되리라는 건 쉽게 예상할 수 있다. 지금 당장 마우스의 오른쪽 버튼을 눌러 '전체 선택'이라는 지시를 내리는 게 현명할 것이다. 언제부터인가 이 세상의 규칙서에는 "타인을 불쾌하게 한 인간은 죽는다"라는 한 문장이 데스노트의 첫 페이지처럼 추가됐다. 하지만 기사에 친절함과 품격이 부족하다고 비판하는 빌어먹을 독자의 빌어먹을 편협함이야말로 나를 불쾌하게 만드는 건 분명하다.

빅토르 위고의 『레 미제라블』은 읽지 않았지만(유튜브와 오디오북 시대에 2천 페이지가 넘는 소설을 읽은 한가한 사람이 어디 있단 말인가), 톰 후퍼의 영화라면 두 번 보았다. 죽어가는 분장을 한 휴 잭맨과 까까머리를 한 앤 해서웨이의 연기에는 머리가 아플 만큼 눈물을 흘렸다. 가난 때문에 굶주린 조카들을 위해 빵 한 덩어리를 훔친 죄로 19년이라는 오랜 세월을 감옥에서 복역한 장 발장. 그를 동정하지 않는 자는 없을 것이다. 설령 장 발장이 은식기를 훔쳤어도 은촛대까지 내어줌으로써 그가 선한 사람이 되리라고 믿는다면 우리는 기꺼이 그렇게 할 것이다. 인간과 동물의 차이는 말을 할 수 있는가 없는가가 아니라, 약자인 이웃에게 동정심을 느낄 수 있는가 없는가이다.

도쿄의 새로운 랜드마크인 '심퍼시 타워 도쿄'는 연민해야 할 현대의 장 발장들을 피상적인 언어만이 아니라 보다 구체적이고 적극적인 형태로 동정하고 지원하기 위해 지어졌다. 나도 직접 눈으로 볼 때까지는 믿기 어려웠으나, 타워는 언빌트로 끝나지 않고 정말로 지어진 것이다(본 기사에서는 타워의 건설 경위나 호화로운 내부 시설, 입주 조건 등에 대해 아쉽지만 생략한다. 관심 있는 독자는 신뢰할 수 있는 주요 언론의 기사에서 자세히 다루고 있으니 각자 참고해주기 바란다. 추천하는 기사는 리사 매켄지의 '세계에서 가장 행복한 일본 교도소: 호모 미세라빌리스의 유토피아'. 매켄지는 일본인의 관용을 상찬하고 노르웨이 할덴 교도소의 사례와 비교하면서, 수감자의 복지 향상과 범죄율 저하의 관련성을 지적하며 "미국의 교도소도 본받아야 한다"라고 기사를 끝맺는다. 또하나 추천할 기사는 가브리엘 스탈버그의 '심퍼시 타워 도쿄가 그리는 디스토피아: 일본의 평등주의자들이 꿈꾸는 무한한 미래'이다. 스탈버그는 도쿄의 최신식 교도소에 대해 "과도한 다양성 수용, 평등사상의 영락한 말로"라는 비관적 견해를 보이고 있다. 사상의 차이는 있으나 두 기사 모두 요점이 간결히 정리된 지적인 글이다).

미로처럼 복잡한 신주쿠역에서는 애를 먹을지도 모르지만, 심퍼시 타워 도쿄까지 가는 길을 헤맬 걱정은 전혀 없다. 일단 역 밖으로 나가면 지상 71층짜리 거대한 원기둥 타워가 빅 브라더처럼 당신을 바라보고 있다. 모노리스*에 빨려들어가는 원숭이처럼 타워를 향해 오 분쯤 걸으면 녹음이 우거져 도심 속 오아시스로 사

---

* 그리스어 등에서 유래한 명사로, 단일체로 된 돌기둥을 뜻한다. SF 영화 〈2001: 스페이스 오디세이〉에 돌기둥 모양의 신비한 물체로 등장했다.

랑받는 국민 공원에 도착한다. 입구에서 톨 사이즈 카페라테 값 정도의 입장료를 내고 들어가 아름다운 정원을 감상하다보면 역동적으로 물결치는 유선형의 큰 계단이 모습을 드러낸다.

입구로 이어지는 이 계단은 정원의 잔디와 일체화된 녹지 공간으로 조성되어 가족과 연인들의 휴식처가 되었다. 계단의 최상단인 타워 입구 근처 벤치에서 어린아이와 샌드위치를 먹고 있던 이십대 초반으로 보이는 일본인 여성에게 말을 걸어보기로 했다.

"여기가 교도소라는 걸 알고 있습니까?"

동행한 통역사가 일본어로 통역했다.

"교도소가 아니에요." 젊은 어머니가 정정했다. "교도소를 찾고 있나요? 교도소에 가고 싶으면 후추, 구치소라면 고스게라는 곳에 있는데…… 여기는 교도소가 아니라 동정탑이거든요."

그때 그녀의 아들이 우리 사이를 비집고 들어와 힘차게 강조했다.

"도쿄도 동정탑이에요!"

도쿄도 동정탑?

통역사에게 의미를 물으니 '심퍼시 타워 도쿄'를 거의 직역한 일본어라고 한다. 일본인 사이에서 널리 통용되는 타워의 애칭이다(본 기사에서는 타워를 이하 '동정탑'으로 통일한다. 새로 익힌 단어를 사용하는 것이 즐겁고, 어딘가 느슨한 소리의 리듬이 마음에 들었다).

"하지만 이 안에 범죄자가 있는 거죠?" 나는 그 모자에게 끈질기게 물었다. "재패니즈 마피아나 연쇄 살인범이 저 문 너머에 우글우글한 거잖아요? 어린 자녀도 있는데 무섭지 않나요? 지금 저 자동문에서 마약중독자였던 사람이 형기를 마치고 나오기라도 하면 어떻게 할 건가요?"

"뭐가 무서워요? 탑 안에 있든 탑 밖에 있든, 모두 같은 세상을 살아가는 똑같은 사람이에요."

외모뿐 아니라 마음까지 아름다운 그녀는 자비로운 미소를 지으며 조그마한 아들의 몸을 끌어안았다. 나는 아무래도 스스로가 편협하고 옳지 못한 인종차별주의자인 것처럼 느껴져 마음이 불편했다.

하지만 내가 그 젊은 어머니에게 던진 질문은 다소 요점을 벗어났다. 동정탑이 완성된 지 육 개월이 지나는 시점에서 호모 미세라빌리스가 출소한 적은 한 번도 없기 때문이다. 형기를 다 마치고 출소일을 맞이하더라도 그들에게는 구류 기간을 무제한으로 연기할 수 있는 권리가 있다. 그리고 동정탑의 출구를 통과해 자유의 몸이 되는 것을 원한 사람은 지금까지 한 명도 없다.

왜 그럴까? 하는 당연한 의문은 내부에 들어가보면 즉시 풀린다. 이곳에서 누가 옳고 누가 그른가 하는 논쟁은 무의미하다. 360도 어느 방향에서든 입장할 수 있는 자동문이 열리면 원기둥의 벽면에 온통 둘러치듯 난 창문을 통해 자연광이 가득 들어온다. 내부와 외부의 차이가 거의 느껴지지 않는 개방감 있는 공간 설계는 전설적인 건축가 사라 마키나가 의도한 그대로다. 이 안으로 들어온 사람들에게 우리 자신이 있던 바깥세상이 오히려 감옥임을 자각하게 만드는 데 건축가는 훌륭하게 성공했다.

공식적으로 관계자들은 부인하고 있지만, "동정탑이 기본소득의 실험장으로서 기능하고 있다"라고 지적하는 전문가가 적지 않다. 실은 나도 그 견해를 지지하는 사람이었다. 하지만 실제로 탑 안에 들어가보니 매달 정해진 금액을 지급할 뿐인 무책임한 제도와는 전혀 차원이 다른 세계라는 느낌을 받을 수밖에 없었다. 완전히 새롭고 세련된 공간 그 자체만으로도 금전적 인센티브 이상의 정신적 만족감을 주기 때문이다. 그 체험을 자존감이나 행복감이라는 편리한 단어로 손쉽게 정리할 수도 있겠지만, 나는 마치 평등과 배려의 샤워를 온몸에 받아 영혼의 모공까지 말끔히 씻겨내려가는 듯한 기분을 느꼈다. 여기서 지저분한 돈 얘기 따위는 일 초도 하고 싶지 않다. 절대로 더러운 단어를 내뱉지 않을 것이다. 글자 수를 채우기 위해 얼마 없는 교양을 뽐내보자면 유키오 미시마의 『금각사』에 이런 구절이 있다. "인식의 눈으로 보면 세상은 영원히 불변하고, 그리하여 영원히 변모하는 것이다." 이에 대해 주인공인지 서브 캐릭터인지가 "세상을 변모시키는 것은 행위다. 그뿐이다"라고 답하는데, 인식과 행위의 양 측면에서 협공해 세상을 변모시키는 것이 바로 이 도쿄도 동정탑이다. 말더듬이 콤플렉스가 있는 청년의 방화 충동도 단념시킬 만큼 압도적인 아름다움에 나는 심한 타격을 받아 한동안 말문이 막혔다.

접수처에서 이름을 밝히자 잠시 방심한 나를 이내 긴장시키는 '걸어다니는 아름다움'이 다가온다. 전성기 시절의 BTS 멤버와 혼동할 만한 꽃미남(사진 1)의 등장이다. 이름은 다쿠토. 스물여섯 살. 범죄 경력은 없고 동정탑에 거주하며 근무하는 '서포터(구. 교도관)'다. 원래 명품 브랜드 매장에서 판매사원으로 일했다는 다쿠토는 사라 마키나의 건축에 매료되어 이직을 결심했다. 2026년 사라 마키나 아키텍츠가 공모전에서 발표한 동정탑의 완성 예상도를 보고 한눈에 "이 탑 안에 자신이 살아야 한다"는 운명을 느꼈다고 한다. 무사히 정규직으로 채용된 뒤 호모 미세라빌리스에 대한 생활 지원과 더불어 홍보 담당자로서 각 언론의 취재에 응하고 있다.

"동정탑에서 살기는 어때요?" 하고 묻자, 다쿠토는 광택이 감도는 명품 브랜드의 정장(사진 2) 차림으로 눈부시게 빛나는 미소(사진 3)를 지으며 "말로 표현할 수 없을 만큼 행복합니다"라고 대답했다('말로 표현할 수 없을 만큼'이라는 편리한 말도 드물다).

참고로 탑 안에는 정해진 유니폼이나 죄수복이 없다고 한다. 입주자들은 각자 지급되는 지원금을 사용해 인터넷으로 취향에 맞는 옷을 자유롭게 조달할 수 있다. 그럼 서포터와 호모 미세라빌리스를 어떻게 구분할 수 있죠? 내가 질문하자 다쿠토는 곰곰이 생각하더니 "특별히 구분해야 하는 상황은 없어요" 하고 대답했다.

"호모 미세라빌리스가 서포터로 가장해 탈옥할 위험성이 있지 않습니까?"

"없습니다, 없어요."

그 풍요롭고 윤택한, 거의 모든 것을 가진, 앞날이 창창하고 얼굴이 아름다운 청년은 재치 있는 농담이라도 들었다는 듯 웃으며 고개를 저었다.

현재 호모 미세라빌리스를 면회하는 건 변호사와 친족만 허용된다. 따라서 그들과 직접 인터뷰를 할 순 없었지만, 탑 내부의 인기 시설인 스카이 라이브러리를 유리창 너머로 살펴볼 수 있었다. 엘리베이터를 타고 몸이 떠올라 하늘 높이 수직으로 상승하는 듯한 유쾌한 느낌을 맛보며 최상층에 도착한다. 70층과 71층의 두 층에 걸친 도서관에서는 도쿄의 장대한 경치를 한눈에 볼 수 있다. 며칠 전에는 불꽃놀이가 보이는 특등석이었다고 한다. 도서관의 이용자들은 유니클로나 H&M이나 ZARA의 옷을 입고 당연히 수갑도 차지 않은 채, 책장에서 책을 골라 읽거나 책상에서 공부를 하거나 DVD를 감상하는 등 각자 원하는 대로 자유 시간을 만끽했다. 시민 도서관과 조금도 다를 바 없는 광경이다. 그리고 너무도 위화감이 없어서 무심코 지나쳤는데, 문득 나는 남자와 여자가 같은 공간에 있다는 걸 깨달았다. 기존의 수감시설이라면 남자 교도소·여자 교도소로 구분되는 게 상식이지만, 동정탑의 근본을 이루는 평등사상에 비추어 볼 때 남자와 여자로 공간을 나누는 건 분명 모순이다.

소파에서 커피를 마시며 우아하게 잡지를 넘기는 한 아름다운 여인에게 눈길이 멈췄다. 비참한 사랑에 빠지지 않기 위해 "저기서 잡지를 읽고 있는 여자의 죄명은 뭡니까?" 하고 다쿠토에게 물었다. 호모 미세라빌리스의 정보를 관리하는 시스템이 있는지 다쿠토는 태블릿 PC를 꺼내 그녀를 향해 카메라를 켜고는 "사기죄네요" 하고 대답했다.

전직 사기꾼인 여성은 이따금 잡지에서 눈을 떼고 승리자의 의기양양한 표정(필자의 편견)으로 신주쿠 교엔에 모여든 탑 바깥의 사람들을 내려다보았다. 호모 미세라빌리스의 생활이 신주쿠의 고급 아파트에서 한낮의 여유를 즐기는 셀러브리티의 생활과 대체 뭐가 다르지? 그녀를 바라보고 있자니 그런 의문이 떠올랐다. 물론 한 가지 큰 차이점은, 호모 미세라빌리스는 셀러브리티와 달리 외출할 수 없다. 경비가 느슨하다지만 신체적 구속을 받으며 관리당하고 있다는 사실만은 기존의 교도소와 다르지 않다. 그리고 또하나, 셀러브리티는 고액의 집세를 스스로 내야 하지만 호모 미세라빌리스의 집세는 탑 밖에서 노동하는 사람들의 세금으로 지불된다. ……이 사실에 생각이 미치자 나는 패닉 상태가 되어 두 주먹을 불끈 쥐고 유리를 두드리며 외쳤다.

"FUUUUUUUUUUCK!!! 나를 이 빌어먹을 동정탑에 살게 해 줘!!!"

우리 사이를 가로막고 있는 유리창이 진동해서 깜짝 놀란 듯 전직 사기꾼이 이쪽을 돌아보았다. 그러나 소리가 차단되는지 내 목소리는 들리지 않은 듯했다. 그녀는 고개를 갸웃하고 나에게 연민의 눈빛을 보낼 뿐이었다.

"이봐, 다쿠토! 이런 세상은 망할 세상이야!" 강렬한 질투심에서 비롯된 분노로 나는 참지 못하고 꽃미남을 향해 욕설을 내뱉었다. "다쿠토, 넌 여기서 일하면서 저 사기꾼 년들한테 화도 안 나? 일본인은 대체 어디까지 관대한 인종인 거야? 정말 믿을 수 없다. 이런 빌어먹을 타워를 도저히 받아들일 수 없어! 이 망할 놈의 타워! 무너져버려라!"

다쿠토는 모호하게 미소 지으며 긍정으로도 부정으로도 해석할 수 있게 고개를 끄덕였다. 나를 무시하는 것이 아니다. 모호한 미소는 공통적으로 일본인들이 타인을 배려하는 매너 중 하나다.

"맥스 씨는 동정탑에 살고 싶은 건지, 아니면 탑을 받아들일 수 없는 건지, 어느 쪽인가요?"

다쿠토의 냉정한 질문에 나는 겸연쩍었지만 단호하게 대답했다. "살 수만 있다면 살고 싶지. 하지만 범죄자가 되면서까지 들어가고 싶은 거냐고 묻는다면 NO. 아무리 악명 높은 맥스 클라인이어도 그렇게까지 타락하진 않았어."

"법을 위반하지 않더라도 일본 국적을 취득하고 동정받을 만하다고 인정되면 맥스 씨도 탑에 살 권리가 있습니다. 죄를 지을 수밖에 없을 만큼 불행한 성장 과정을 겪은 사람이라면 누구나. 동정심 테스트를 받아볼래요?"

동정심 테스트라면 물론 알고 있었다.

Q. 부모에게 폭력을 당한 적이 있습니까?

　—예.　아니요.　모르겠다.

Q. 경제적으로 곤궁했던 경험이 있습니까?

　—예.　아니요.　모르겠다.

Q. 남들보다 극단적으로 용모가 열등하다고 느낍니까?

　—예.　아니요.　모르겠다.

Q. 다른 사람이 되고 싶다고 생각할 때가 있습니까?

　—예.　아니요.　모르겠다.

이와 같은 우울한 질문들에 답하면 내가 정말로 동정받아야 하는 인간인지 아닌지를 빌어먹을 AI가 진단해준다. 그러나 나는 테스트를 완강히 거부했다. 내 동정심에 점수가 매겨지는 게 너무 무서웠기 때문이다.

내가 솔직하게 고백하자 다쿠토는 "그러고 보니 저도 예전에는 그랬어요" 하고 이해해줬다. "누구에게도 동정받고 싶지 않았어요. 하지만 이곳에 살다보니 남들에게 어떻게 보일지가 별로 신경쓰이지 않더라고요. 여기서는 모두 평등하니까."

"평등이라니. 나는 태어나서 한 번도 그 녀석을 만난 적이 없어. 어떤 모습을 하고 있는지도 모르니 그 근처를 지나더라도 못 알아보는 것일 수 있지만……"

"그건 맥스 씨가 '비교'하기 때문이라고 생각해요. 모든 불행은 타인과의 비교에서 시작된다고 마사키 세토가 말했죠." 다쿠토는 업무상 연락을 하는 것처럼 무정하게 말했다. 언론 취재에 응할 때 하는 정해진 말일 것이다. 마사키 세토의 비참한 최후를 생각하면 참으로 안타까운 마음이 든다.

"여기서는 '비교'에 관한 말을 하는 것 자체가 금지되어 있어요." 다쿠토가 말했다.

"무슨 뜻이지?"

"이를테면 '……보다 ……가 ……하다'라고 에둘러 말하면 안 되거든요."

"뭐라고?"

"호모 미세라빌리스는 행복해져야 합니다. 타자와의 비교를 금기하는 게 탑 안의 규칙이에요. 예컨대 SNS 같은 건 비교 행위의 극치이기에 열람하는 게 금지되어 있습니다."

"아아, 물론 그건 알아. 리사 매켄지의 기사에 있었어. 유토피아와 정보 차단은 떼려야 뗄 수 없는 관계라고. 디스토피아가 그러하듯."

원래라면 일본인 흉내를 내며 적당히 붙임성 있는 웃음으로 그 자리를 넘겼어도 됐을 것이다. 하지만 갑자기 끓어오른 격렬한 자기 연민과 고토바가리*에 대한 맹렬한 저항감이 오래전에 녹슬었을 저널리스트 정신에 불을 붙인 것 같았다. 나는 진지해졌다. '교도소' 타워의 어둠, 나아가 일본인의 어둠을 내가 파헤쳐주겠다. 퓰리처상을 향해.

"다쿠토, 너에게 대답할 권한이 있는지는 모르겠지만 전 세계 사람들이 알고 싶어하는 것을 내가 대신해서 물을게. 이곳은 오

---

* '말(言) 사냥'이라는 뜻으로, 특정 단어를 차별 용어로 간주해 지나치게 규제하는 것을 부정적으로 일컫는 표현.

직 불쌍한 사람을 동정하기 위한 타워가 아니야. 뭔가 불편한 진실이 따로 있어. 세간에 떠도는 소문을 너도 조금은 들어봤겠지. 그중에는 이곳이 세금을 들여서라도 사회의 짐이 되는 존재들을 합법적으로 가두고, '열등'한 유전자를 장기적 안락사로 몰아넣기 위한 시설이라는 공상과학적인 음모론도 있어. 하지만 공상과학이든 음모론이든 나는 이쪽의 논리가 훨씬 설득력 있게 느껴져. 인간은 본래 편협한 생명체니까. 편협은 고사하고 자신과 상관없는 타인에게는 자신보다 더 손해 보기를 바라기까지 해. 모두가 타인에게 관용을 베풀고 진심으로 평등을 바란다면 분단도 전쟁도 일어날 수 없어. 하지만 현실은 그렇지 않아. 불쌍한 타인에게 친절을 베풀자고 아무리 미사여구를 늘어놔봐야 현실 앞에서 말은 코딱지만큼도 도움이 안 돼. 역사가 증명하고 있잖아. 2030년이 되어도 나 같은 빌어먹을 인종차별주의자가 사라지지 않는 이유야. 다쿠토, 너도 자기 집 마당에 모르는 사람이 멋대로 침입하면 당연히 쫓아내겠지? 화가 나서 도저히 용서할 수 없는 인간이 한 명쯤은 있을 거야."

"용서할 수 없는 인간?" 다쿠토는 가지런한 치열을 과시하듯 웃었다. "없어요. 그렇게 화가 나지도 않고요. 저는 잠만 잘 자면 대부분의 일은 다 괜찮거든요."

지금 다시 한번 강조해두는데, 다쿠토는 매우 호감 가는 청년이다. 하지만 그의 태평한 미소가 방아쇠가 되어 지난 십 년간 조용히 그러나 확실하게 축적되어온 일본인에 대한 나의 불신이 폭발했다. 숨길 생각은 없다. 꼴사나운 모습을 속속들이 드러내는 것이 곧 자신의 나약함을 받아들이는 일이라 믿으며 휴대용 녹음기에 기록된 그대로를 한 마디도 빠짐없이 적어둔다.

"기분 나쁘다면 사과할게(라고 나는 일단 양해를 구했다). 2020년 올림픽과 남성연예기획사 스캔들 이후 나는 도저히 일본인을 편견 없이 바라볼 수 없게 되었어. 지금까지 백 명 이상의 일본인과 통역사를 통해 대화를 나누고 일본에 관한 기사를 쓰면서 많은 생각을 해왔지만, 나는 아직도 일본인을 어떻게 언어화해야 좋을지 모르겠어. 이 이상 당신들을 언어화하는 건 그 어떤 인간도 불가능하지 않을까 하는 생각마저 들어. 당신네 일본인들은 아무리 그 어떤 말을 사용해도 말의 너머로 갈 수 없기 때문이야. 말은 언제까지고 그저 말일 뿐이야. 당신네 말은 어느 나라에서도 유통되지 않는 지폐야. 아무리 풍족하게 가져도 무엇과도 바꿀 수 없는 돈. 당신들이 입으로 하는 말보다 더 많은 것을 그 중립적인 미소 너머에서 생각하고 있다는 건 알아. 그 점이 나를 대책 없이 짜증나게 해.

이런 얘기를 하면 어김없이 주어의 크기에 대한 비판이 쇄도하는데, 나는 어느 시기부터 일본어를 말하는 일본인이 모두 한 덩어리의 같은 생물로 보이기 시작했어. 똑같은 튤립이 나열되어 있을 뿐이지 거기에 개성 따위는 없어. 마치 지역 홍보용 캐릭터 인형의 탈처럼 침묵과 중립적인 미소를 장착하고서 혼네와 다테마에*, 우치와 소토를 구분하는 요령 좋고 거짓말 잘하는 예쁜 노란색 튤립 말이야. 예쁜 거짓말을 하는 데 너무 익숙해져서 거짓말을 하고 있다는 자각조차 없어. 아니, 너희는 엄밀히 따지면 거짓말을 하는 것도 아니야. 나는 이렇게 생각해, 너희가 쓰는 말 그 자체가 처음부터 끝까지 거짓말을 하기 위해 쌓아올린 것 아닌가? '저는 잠만 잘 자면 대부분의 일은 다 괜찮거든요'라니 그게 무슨 소리야? 나를 무시하는 거야? 미안, 내 말이 지나치다는 거 알아, 한번 입을 열면 멈출 수 없는 병이거든. 동정 따위 하지 말아줘. 남이 함부로 나를 무력한 존재라고 단정짓는 건 참을 수 없

---

* '혼네(本音)'는 개인의 본심, '다테마에(建前)'는 사회적 규범에 따라 겉으로 드러내는 태도를 뜻한다.

으니까.

다쿠토, 일본어를 모르는 나에게 너희 언어의 비밀을 알려줄 수 있어? 호모인지 미제라블인지 블리스인지 모르겠지만, 일본어와 아무 인연도 연고도 없는 언어로부터 새로운 단어를 연이어 만들어내 자신의 언어를 혼란스럽게 하는 이유가 뭐야? 이 건물명은 공식적, 대외적으로 '심퍼시 타워 도쿄'인 것 같은데 일본인 사이에서는 왜 다른 이름으로 부르는 걸까? 심퍼시 타워 도쿄와 도쿄도 동정탑 사이에 대체 무슨 차이가 있는 거야? 언어를 무한히 생성함으로써 뭘 감추고 있는 거지? 만약 일본인이 일본어를 버린다면 무엇이 남을까?"

"뭘까요."

다쿠토는 고개를 갸웃거렸다. 그리고 "좀 알아볼게요"라며 진지한 표정으로 태블릿 PC 화면 위에서 손가락을 열심히 움직였다. 다쿠토의 본업이 배우라면 모를까, 그는 정말로 내 질문에 답하려고 두뇌를 풀가동하는 듯했다. 슬며시 화면을 들여다보니 문장생성형 AI와 대화하는 익숙한 글자가 보인다. 질문. 답변. 질문. 답변.

다쿠토는 오 분쯤 지나고 나서 "죄송합니다, 저도 AI도 당신의 질문에 제대로 대답하지 못할 것 같습니다" 하고 면목없다는 듯 말했다. "그런데 제가 아는 일본인 여성 중에 맥스 씨와 비슷한 얘기를 하는 사람이 있다는 게 방금 떠올랐어요. 탑이 세워지기 훨씬 전의 일이에요. 분명 일본인이 일본어를 버리면 일본인이 아니게 된다고⋯⋯"

"흐음, 그 사람과 꼭 얘기해보고 싶군. 마음이 맞을지도 몰라. 그녀의 이름은?"

"사라 마키나. ▮"

■

나를 깨운 건 창문을 세차게 두드리는 폭우 소리였다. 수압 센 샤워기의 물줄기가 피부를 찌르는 듯한 따끔한 감촉을 분명 느꼈다. 물론 나는 신뢰할 수 있는 건축가가 최신 건축기술로 설계한 건물의 실내에 있으니 몸은 한 방울도 젖지 않았다는 걸 알지만, 빨리 안전한 장소로 대피해야 한다는 강박에 쫓기듯 벌떡 일어났다.

비번인 날 이른아침, 꿈꾸는 도중에 일어났지만 싫은 느낌은 들지 않고 그저 가슴이 먹먹해질 만큼 그리운 기분이 든 건, 아다치구의 5만 5천 엔짜리 벽이 얇은 원룸에서 잠들고 일어나던 시절의 감각이 불현듯 되살아났기 때문이다. 정말 그런 곳에 살았었나? 아니 그보다, 지진이 올 때마다 죽음을 떠올리게 되는 그런 집에 사람이 사는 게 현실적으로 가능했을까? 그렇게 마치 전생의 기억처럼 모호한 감각을 즐기고 있자니 갑자기 어제 남겨둔 일이 생각나 현실로 되돌아온다. 그래도 일의 절반은 AI-built에 맡겼다. 그사이 샤워를 하고 모공이 열리지 않도록 최대한으로 억제해주는 스킨케어를 한 뒤 커피를 내렸더니 아예 아다치구의 5만 5천 엔짜리 감촉은 흔적도 없이 몸에서 사라졌다. 단지 그 지명과 숫자만 기호로서 머릿속에 남았다.

Takt:【맥스 클라인 씨, 보내주신 초안의 전반부('그녀의 이름은?' '사라 마키나'까지)를 확인했습니다. 감사합니다. 아주 좋고 흥미로운 기사입니다. 진심이에요. 당신도 썼듯 당신의 원고는 어떻게 읽느냐에 따라 엉터리라고 평할 수 있을지도 모르지만, 그래도 AI가 쓸 수 없는 종류의 글, 확실히 인간이 쓴 글인 건 분명합니다. 저도 언젠가 그렇게 저만의 흔적이 묻어나는 글을 쓰고 싶습니다. 인사치레를 하고 싶은 것도 아니고, 일본인 특유의 매너를 지켜 말하는 것도 아닙니다, 정말로. 도조 다쿠토 개인적으로는 OK. 그러나 아쉽게도 심퍼시 타워 도쿄의 상부로부터 허가를 받지 못했다. 타워에 관해 오해를 불러일으킬 수 있는 표현이 보인다는 의견, 호모 미세라빌리스에 대해 F로 시작하는 욕설을 해서 NG, 당신의 마음의 소리를 대변하는 글이라도 입거자를 모욕하는 표현은 받아들일 수 없음. 유머 감각이 다른 탓도 있을 테니 이해해주세요. 상부는 타워의 대외적인 이미지를 매우 신경 쓴다. 현재 기사를 그대로 공개하는 건 어렵다. 당신이 기사를 기고하는 뉴스 사이트의 방침과 어긋날 수도 있겠지만, 다시 한번 주의사항과 수정안을 보낼 테니 고쳐 쓴 원고를 도조 다쿠토 앞으로 보내주길 바란다. 그리고 내 사진을 세 장이나 싣는다고? 독자들이 내 사진에는 관심 없을 것 같으니 탑의 내부 사진을 최대한 많이 실어주세요. 호모 미세라빌리스의 얼굴을 흐릿하게 처리하는 거 잊지 말고. 또한 기사 후반부는 마키나 사라의 인터뷰를 중심으로 쓸 듯한데, 그녀와 내가 아는 사이인 건 밝히지 말아주세요. 도조 다쿠토 드림.

여기까지 비즈니스용 메일로 정리해서 영문으로 번역해줘.】

예를 들어 이렇게 태풍이 몰아치는 날, 아침부터 샤워로 몸을 산뜻하게 하고 커피를 마시면서 방문자가 없는 악천후 속 정원을 바라보는 시간을 글과 사진으로 담아 개인적으로 트위터에 올리면 어떻게 될까? 미디어용으로 준비하는 계산된 구도의 사진과 달리, 상주하는 한 직원이 바라본 평범한 어느 아침의 동정탑 풍경. 세상 사람들은 여전히 동정탑을 화제에 올리고 있다. 반년이 더 지나면 그 비율이 크게 달라질지도 모르지만, 현재까지는 긍정적인 반응과 부정적인 반응이 비슷한 빈도로 날마다 갱신되고 있다. 트위터는 적극적으로 의견을 피력하고 싶은 사람들이 많이 이용하는 서비스라, 한 직원이 무언가를 발언하면 어떤 반향이 있을 것 같다. '범죄자'가 '교도소'에 살아도 아무 말 없이 침묵하던 사람들이 '호모 미세라빌리스'가 '심퍼시 타워 도쿄'에 살게 되자 무언가를 말하고 싶고, 그 상황을 말로 변환하고 싶어 가만히 있지 못한다는 사실이 역시 재미있다. 예전부터 내 웃음의 포인트가 남들과 좀 엇갈린다는 걸 자각하고는 있었지만,

이제는 내가 '재미있다'라고 느끼는 메커니즘 같은 것을 어느 정도 명확하게 안다. 다른 생명체에는 없는, 인간만이 지닌 특성이 전면에 드러나는 장면에서 나는 도저히 웃음을 참을 수 없다. 같은 것을 보는데도 전혀 다른 생각을 한다든지, 서로 대립해 정반대의 말을 격렬하게 주고받는다든지. 트위터에서는 건축가 여인 역시 '도쿄에 아름다움과 평화를 가져다준 여신'이 되기도 하고 '사회를 혼란스럽게 만든 마녀'가 되기도 한다.

전생 같은 이 아련한 기억이 만약 진짜라면, 트위터는 본래 혼잣말을 중얼거리기 위해 생겨난 서비스였다. 애칭이 아니라 정식 명칭이 실제로 '트위터Twitter'였던 시절이다. 하지만 지금은 혼잣말과는 정반대인 올바르고 의미 있고 대중의 이목을 끄는 주장을 큰소리로 외치는 사람들만 있으니, 이게 정말 시간이 흐른다는 건가, 하는 노인 같은 감상이 자연스레 나올 정도로 나도 성숙해진 모양이다. 아르바이트 사원에서 정규직이 되고, **모든 불행은 타인과의 비교에서 시작된다**는 둥 교양 있는 사회인처럼 학자의 말을 인용하는 게 어른이 되는 거라면 나는 어른이다. 예전에 "너도 잊을 거야…… 괜찮아" 하고 말했던 사람의 목소리가 실감나게 와 닿는다. 태풍 정보를 알아보기 위해 트위터를 열려고 했지만, 그곳의 모든 말이 땅속 깊은 데서 발굴된 몇만 년 전의 유적에 새겨진 글자처럼 느껴질 것이 뻔해 지겨워져서 그만둔다. 요즘은 나도 미래가 조금 보인다. 일 분 후의 미래라면 완전히 보인다.

풍요롭고 윤택한, 거의 모든 것을 가진, 앞날이 창창하고 얼굴이 아름다운 청년.

자칭 삼류 기자가 나를 지칭한 화면 속의 형용사에서 시선을 멈추고 커피로 깨운 머릿속에서 되새겨본다. 픽fuck과 픽킹fucking이 치석처럼 입안에 상주하는 덩치 큰 백인 남성의 형상이 눈에 선하다. 감정과 연동되어 움직이는 얼굴에 붙은 부드러운 지방의 질감과 푸른 눈동자가 강렬한 인상으로 남았다. 그런 그의 몸과 눈을 통해 본 나의 모습이 이런 형태로 문장이 되어 있으니, 모르는 곳에서 내가 증식하고 있는 것처럼 어쩐지 마음이 어수선하다.

그렇지, 하고 나는 마음먹고 자칭 인종차별주의자가 쓴 글을 드래그해 복사한다. 그리고 다른 창에 띄워놓은 '전기'

라는 제목이 붙은 글에 붙여넣는다.

"나는 잠만 잘 자면 대부분의 일은 다 괜찮다. ……………
직원 할인가로 산 옷을 온몸에 걸치고 곧은 자세를 하면 더
욱 그럴싸하다. **풍요롭고 윤택한, 거의 모든 것을 가진, 앞날
이 창창하고 얼굴이 아름다운 청년**" 바로 뒤에 "이라고 제멋
대로 인식하는 것 같다." 하고 타이핑하는 김에 붙여넣은 문
장의 바로 앞에 "이를테면"도 덧붙인다.

도조 다쿠토의 말 속에 번역된 맥스 클라인의 말이 맥락
도 없이 삽입된 셈인데 딱히 연결이 부자연스럽게 보이진 않
으니 그대로 저장한다. 눈을 노화시키는 화면 속에서 내가
또 늘어난다. 하지만 누군가를 만날 때마다 내가 그 사람 속
에서 늘어간다는 건 단지 기분 탓이 아니라 실제로 그러한
것이 틀림없고, 내가 '전기'를 쓰는 것도 결국에는 건축가 여
인을 함부로 늘리는 행위임이 분명하다. 좋은 건지 나쁜 건
지는 모르겠다. 그래도 문 닫은 신주쿠 교엔을 그녀와 걸어
본 적도 없는 타인이 '여신의 전기'나 '마녀의 전기'를 써서
마키나 사라를 증식시키기 전에 내가 먼저 '건축가 여인의
전기'를 써두고 싶다. 그렇게 문득 떠오른 생각으로 시작한

글쓰기는 예상보다 훨씬 까다로웠고, 이것도 저것도 아닌 정확히 건축가 여인에게 어울리는 말을 찾다보니 마치 옛날의 차갑고 엄격한 감옥에 갇힌 죄수라도 된 기분이다.

너희가 쓰는 말 그 자체가 처음부터 끝까지 거짓말을 하기 위해 쌓아올린 것 아닌가?

나는 거짓말을 하고 있나? 무엇을 생각하든 뇌는 일일이 말을 필요로 한다. 말에 대한 것을 말로 생각하는 건 뭐든 전부 틀렸고 착실한 사람이 할 일이 아니다. 만약 머릿속을 오가는 말을 멈출 수 있다면 정말 평온한 시간이 찾아올 텐데 단 일 초도 멈출 수 없기에 나는 적어도 시야라도 바꾸고자 방을 나간다. 바깥에서 탑의 생활을 부러워하는 사람들은 대부분 집세에 대해 얘기하고 싶어하는데 나는 이렇게 주장하고 싶다. 실제 거주하는 한 사람으로서 이곳의 최대 장점은 버튼 하나로 언제든 육상 세계와 작별하고 지상에 머물렀던 말을 리셋할 수 있다는 점이라고.

"왜 꼭대기 층을 도서관으로 했어?" 나는 건축가 여인에게 물어본 적이 있다. 그녀가 설계도를 제출하고 공모전의 결과를 기다리고 있을 때였다.

"하늘에 다가가는 호모 미세라빌리스 여러분이 지상의 말을 잊지 않도록"이라고 그녀는 설명했다. 하지만 실제 공모전 발표 영상에서는 전혀 다른 말―자연광을 효율적으로 활용한 최상층의 도서관에서는 도시의 소음과 혼잡함에서 벗어나 편안한 환경에서 독서 및 공부를 즐길 수 있습니다―을 했다. "어쩔 수 없잖아. 말을 꾸며내는 것도 공모전에서 당선되기 위한 중요한 요소니까"라며 그녀는 당당하게 변명했다. 이 일화를 '전기'에 써야 할지 말지, 나는 며칠이나 고민했지만 아직 답을 찾지 못했다.

엘리베이터가 70층에서 정지한다. 탑으로 이사한 초기부터 빈번하게 행하는 직권남용으로, 아직 개관 전인 도서관의 문을 열고 안으로 들어가는 것이다. 책장에서 저명한 건축가가 쓴 책을 여러 권 골라 센다가야 문 방면 창가 자리에 앉는다. 그럴 리 없을 테지만 지상보다 비구름에 가까이 있는 듯한 느낌이 든다. 비가 평등하게―'평등'의 본보기로 삼고 싶을 만큼 평등하게―도쿄를 흠뻑 적셔가는 광경을 응시하고 있자니, 레고 블록으로 된 아무도 살 수 없는 미니어처 도시를 보는 듯하면서 손 한번 까딱하면 쉽게 무너져버릴 것 같다. 레고 블록 바로 앞에 노트북을 펼치고 쓰다 만 글을 이어서 쓰기 시작한다. "모호한 것은 단순히 기억력 때문이 아니다. 어느 쪽이 외부이고 내부이며, 어느 쪽이 과거이고 미래인지, 내가 예전에 어떤 말을 썼는지조차 잊어버리려 하는 것 같다."

"왜 잊으려고 하는가 하면, 그건 역시 행복학자의 영향이 커서"라고 이어서 타이핑했다가 바로 지우고, 눈 아래의 콩알만한 국립경기장의 지붕을 손안에 담으며 몇 분간 생각하고 고쳐 쓴다.

왜 잊으려고 하는가 하면, 쉽게 영향을 받는 게 부끄럽다고는 생각하지만, 그럼에도 역시 행복학자가 했던 연설이 내가 쓰는 말에도 어떻게든 영향을 미치는 것 같다.

지난 4월에 탑이 정식으로 문을 연 첫날, 입구 홀에서 호모 미세라빌리스와 직원들을 한자리에 모아놓고 행복학자가 축사를 했다. 과거 그가 재직한 대학의 홈페이지에 있는 한 장의 사진을 제외하고는 언론에 얼굴을 공개하지 않았던 그의 모습을 직접 보는 건 나를 포함해 모두가 처음이었을 것이다. 나이로 따지면 벌써 오십을 넘겼을 행복학자는 매년 찾아오는 생일을 마치 본인은 인식하지 못하는 것처럼 이상하게 나이를 먹은 모습이었다. 겉보기에는 세월에 맞게 나이들었는데도 몸을 덮은 피부에서 뿜어져나오는 분위기가 아직 십대처럼 새롭다. 어쨌든 마사키 세토가 실존 인물이었다는 단순한 놀라움과 함께 우리는 시공간이 일그러진 남자의 부드러운 목소리에 귀기울였다.

심퍼시 타워 도쿄에 오신 것을 환영합니다. 이송 및 입거를 진심으로 축하합니다. 오늘은 여러분의 새로운 생일입니다. 여러분이 이 세상에 태어난 것을 진심으로 축복하고 축하합니다. ·············타워에 입거할 때 여러분이 서명한 동의서의 내용을 기억하십니까? 동의서에 이미 언급된 내용입니다만, 오늘을 맞이해 무엇보다 중요한 타워의 규칙을 다시 한번 제가 확인하겠습니다.

하나. 말은 타인과 자신을 행복하게 하기 위해서만 사용해야 합니다.

하나. 타인도 자신도 행복하지 않은 말은 모두 잊어버려야 합니다.

⋯⋯⋯⋯여러분이 지금까지 타워 밖에서 익혔던 모든 말은 파도에 휩쓸려가는 모래처럼 무의미한 말들이었습니다. 물론 말이 비할 데 없이 훌륭한 커뮤니케이션 도구였던 시절도 분명 있었습니다. ⋯⋯⋯⋯과거에 우리는 온전하게 말을 구사하고, 평화와 상호이해를 위해 매우 유용하게 언어를 써왔습니다. 하지만 지금은 말이 우리의 세계를 뿔뿔이 갈라놓기만 합니다. 저마다 이기적인 감성으로 말을 남용하고 날조하고 확대하고 배제한, 그 당연한 귀결로 서로의 말을 알아듣지 못하게 되었습니다. 입에서 나온 모든 말은 타인이 이해할 수 없는 독백이 되었습니다. 이런 언어의 혼란으로 분명 여러분도 많이 휘둘리고 상처받고 괴로웠을 겁니다.

⋯⋯⋯⋯그러나 여러분은 더이상 범죄자도, 수감자도, 동정받아야 할 사람도, 심지어 호모 미세라빌리스도 아닙니다. '호모 미세라빌리스'는 세상 사람들에게 여러분의 존재를 빠르게 인지시키기 위해 제가 편의상 만들어낸 캐치

프레이즈에 불과합니다. 오늘부터 여러분은 스스로를 행복한 단어로 재정의할 수 있습니다. 외부의 규칙이나 법에 얽매이지 않고, 도쿄에서 가장 아름다운 이곳에서 행복한 말만 나누고, 행복한 인생을 보내세요. 지상 어디에도 이 타워보다 더 행복한 곳은 없습니다. 이 행복한 장소를 영원히 지키기 위해 불행을 부르는 말, 부정적인 말은 모두 잊어버리세요…………

그때 행복학자의 말이 가슴에 큰 울림을 주었다거나 내가 감동을 받았다는 건 전혀 아니다. 다만 결국 그날의 축사가 그의 마지막 말이 되었기에, 사람들이 수차례 나에게 '그의 마지막 말은 무엇이었나요?' 하고 물어온 탓에 나중에야 그 말이 중대했던 것처럼 느껴질 뿐이다. 예를 들어 내가 그를 저녁식사에 초대했다면 그의 수명이 좀더 늘지 않았을까, 하는 말도 안 되는 망상에 빠져 무심코 회상하는, 단지 그 정도뿐인 일인 것 같다. 적어도 나는 그렇게 생각하고 싶다.

행복학자의 마지막 말을 떠올리면 언제나 그가 마지막

에 보았을 광경을 상상하게 된다. 대체로 세간에서는 행복학자를 살해했다고 알려진 남자를 '정신이상자 행세를 하며 타워 건설 프로젝트에 반대하는 극단주의자'라고 간주하는 모양이다. 하지만 나는 지상의 사람들이 그 남자에게 하려는 모든 말을 일단 잊는다. 그 대신 내 기억에 어렴풋이 남아 있는 센다가야의 주택가 풍경과 사건에 대한 보도의 단편, 그리고 행복학자를 살해했다고 하는 남자의 증언을 그저 서로 연결해 영상으로 만들어간다. ─행복학자는 축사를 하고 호모 미세라빌리스로부터 성대한 박수를 받는다. 하나의 큰 꿈을 실현한 행복학자는 지극한 행복을 온몸으로 느끼며 탑 밖으로 나간다. 거리에는 온화한 봄 공기가 감돌았고, 센다가야의 집까지 가는 길은 눈부신 노을로 물들었다. 그에게 평생 잊을 수 없는 행복을 준 경기장의 옆길을 빠져나가 좁은 골목길로 들어가서 익숙한 주택가를 한동안 걸어 집에 도착한다. 그러고는 모르는 남자가 마당에 서 있는 모습을 발견한다. **그 마당에 처음 보는 아름다운 잎사귀가 달린 나무가 서 있었는데, 그걸 보고 나도 모르게 들어간 겁니다.** 이것은 행복학자를 살해했다고 추정되는 남자가 한 말이다.

　마당 주인이 나타났길래 저는 말했습니다. "실례합니다. 이렇게 아름다운 나무를 본 적이 없어서요. 바람에 흔들리는 이 나무를 여기서 해가 질 때까지만 보게 해주시면 안 될까요?" 그러자 마당 주인은 큰소리로 외쳤습니다. "지금 당장 내 마당에서 나가요. 나무가 어디 서 있다고. 당신은 나무를 보고 있지 않아. 당신이 봐야 하는 나무는 이 마당에 서 있지 않아." 하지만 나는 마당 주인이 무슨 말을 하는 건지 하나도 이해할 수 없었습니다. 나무는 분명 서 있었고, 나는 나무를 보고 있었기 때문이죠. 나는 그 나무에 달린 아름다운 잎사귀를 내 눈으로 봐야 했어요.

　마당 주인이 이해할 수 없는 말을 하며 소리를 질러대서 나는 무시당하는 기분이 들어 무척 상처받았습니다. 내가 그에게 말했어요. "나 무시하는 거야? 알아들을 수 있게 말해." 그러고서 우리는 격렬한 말다툼을 벌였습니다. 말다툼이라지만 각자 혼잣말을 외치는 것 같았어요. 나는 마지막까지 그가 하는 말을 하나도 이해할 수 없었습니다. 우리는 같은 일본어를 사용하고 있었어요. 그런데 어째서 저 사람은 내가 이해할 수 있는 말로 얘기하지 않는 거지? 나는 마당 주인이 하는 말에 참을 수 없는 분노와 슬픔을 느꼈습니다.

그리고 정신을 차렸을 때는 나무 아래에 쌓여 있던 벽돌을 집어들어 마당 주인의 머리 위로 떨어뜨리고 있었습니다. 이윽고 그가 말을 한 마디도 하지 않자 나는 진심으로 안도할 수 있었습니다.

화면의 글자를 너무 많이 봐서 현기증이 나는 건지, 아니면 실제로 탑이 흔들리는 건지―혹시 지진이 일어나면 어디로 피해야 하지?―갑자기 몸이 휘청거리며 쓰러질 듯한 느낌이 들어 나는 얼떨결에 눈을 감았다. 그렇게 조용히 견디는 사이, 그리 오래 지나지 않아 흔들림은 가라앉았다. 눈꺼풀의 어둠 속에서 이제부터 야간근무를 해야 한다는 사실이 떠올랐다.

호모 미세라빌리스가 잘 자고 있는지 순찰을 돌아야 한다. 그게 지금 내 일이다. 그래서 오늘은 어디선가 선잠을 잤어야 했는데 '전기'에 집중하느라 깜빡 잊었다. 아차, 지금 몇시지? 눈을 뜨니 눈꺼풀 속 어둠과 다르지 않을 만큼 날이 완전히 저물었고, 이용자들로 북적이는 도서관 전체가 거울처럼 창문에 비치고 있다. 비구름 속에 떠 있는 그들이 마치 천상의 신들 같다는 생각이 들었지만, 나는 천상도 신들도 본 적이 없으므로 그건 의심할 여지도 없이 언제 어디선가 들었던 타인의 말일 뿐이었다.

그때, 착각이 아닌 진짜 진동이 심장 부근에서 온몸으로 퍼진다. 나는 자리에서 일어나 겉옷 주머니 속에서 진동하는 물체를 손으로 제어하며 서둘러 도서관 출구로 향한다. 이렇게 많은 사람이 있는데도 부자연스러울 정도로 고요한 실내에 내 몸에서 나는 기계음이 울려퍼진다. 일제히 소리가 나는 쪽을 바라보는 그들은 탑의 규칙을 준수하는 행복한 사람들이다. 부산스러운 소리를 내는 규칙 위반자를 비난하는 수많은 눈빛이 "시끄러워" "뛰지 마" "전원을 꺼" "타인에게 폐 끼치지 마"라고 말한다. 하지만 나는 그들이 내뱉고 싶어하는 모든 말들을 절대로 내뱉지 않으리라는 걸 알고 있다. 이미 그런 종류의 말들을 모두 잊어버렸기 때문이다. 그래서 나는 스마트폰의 전원도 끄지 않고, 달리는 발걸음도 늦추지 않고, 대화 금지 구역에서 전화도 받는다.

여기에는 없는 여자의 목소리가 들린다.

"다쿠토?"

■

Sara:【나와 너. 나와 너는 같은 인간이면서 다른 인간이다.】

AI-built:【아니오, 당신과 나는 같은 인간이 아닙니다. 나는 인공지능 프로그램으로, 정보를 제공하고 대화할 수 있도록 프로그래밍되었습니다. 당신은 순수한 인간으로, 감정과 의식을 가진 존재입니다. 우리는 다른 존재이고 다른 성질을 가졌습니다.】

Sara:【문맹. 조금은 자기 존재를 의심하는 습관을 들이는 게 어때?】

AI-built:【자기 존재를 의심하라고 조언하는 것은 적절하지 않습니다. 문맹인 사람에게는 교육과 문해력 향상의 기회를 제공하고 자기 성장과 기술 향상을 지원하는 것이 중요합니다. 그 누구라도 자기 존재를 의심하는 일은 건강한 자기 평가에 해롭기 때문에 누구나가 자기 자신을 긍정적으로 받아들이는 것이 중요합니다. ▮】

자기 존재를 의심하지 않고 인간이 어떻게 진화할 수 있어?

무비판적인 자기 긍정은 인간의 잠재능력을 과소평가하는 일이 아닐까?

'누구나'라니, 그게 누군데? 너한텐 진실을 말해주는 친구라도 있는 거야?

연달아 나오는 반론과 불만과 말꼬리 잡기는 속으로 삭이고 스마트워치로 타이머를 맞춘다. 과제. 문장생성형 AI에게 스스로의 존재를 인공지능이라고 인식시키는 동시에 그 전제를 의심하게 만들려면 어떻게 해야 좋을까? 그것도 나를 기쁘게 하기 위한 의심이 아니라, AI 스스로의 호기심으로 의심을 발생시키려면 어떻게 단어를 익히게 해야 할까?

뭐, 됐다, 내일 하자. 내일, 나는 이 과제에 몰두할 것이다. 내일의 나는 분명 답을 찾을 것이다. 그리고 지금 나는 잠을 잘 것이다. 자기로 마음먹었으면 이제 타이머를 맞추고 난 팔을 침대에 내려놓기만 하면 된다. 팔에서 힘을 빼고 깊게 숨을 뱉는다. 순조롭게 의식을 잃는다. 이건 내가 평소 잠드는 방식이다. 내 의지로 몇 년 동안이나 반복했고, 설령 의지에서 멀어졌더라도 반복할 수 있도록 강화해온 수면 방식이다. 나 자신을 완전히 지배하기 위해 몸에 학습시킨 잠버릇이다. 강간이었던 것을 강간이 아니었다고 그 누구도 말할 수 없게 하기 위한 수면 방식. 마키나 사라를 마키나 사라로 만들기 위한 수면 방식. 그래서 기상 시각을 설정하는 알람이 아닌 여덟 시간짜리 타이머를 맞춘다. 나 스스로에게 허락하는 수면 시간은 24시간 중 정확히 3분의 1이다. 대학생 때 아르바이트를 해서 처음으로 번 돈으로 스마트폰을 산 이래 타이머를 맞추는 행위는 철저히 수면과 연동되어 있었다. 한번 잠들면 정해진 진동 외에 깨어나는 일은 없다.

그날 밤은 식사도 하지 않고 룸서비스로 시킨 와인 한 병을 비운 탓에 속이 안 좋고 머리가 아팠지만 평소대로 마키나 사라를 잠들게 하는 데는 아무런 장애도 되지 않았다. 여덟 시간 후 손목에 전해지는 진동으로 일어날 때까지, 마치 성장 과정에서 위험을 감지하는 감각이 제대로 길러지지 못한 동물처럼 평온하게 잠자는 얼굴과 호흡 리듬을 유지한다. 나는 잠을 잔다. 나는 잠을 잤다. 나는 지금까지 잠을 자왔다. 앞으로도 잠을 잘 것이다. 당연히 잘 것이다. 잠을 자지 않으면 안 된다. 잠을 자야 한다. 잠을 자는 수밖에 없다. 불면증에 걸린 사람에게 조언을 하나 한다면 이렇게 말할 것이다. "'잠이 안 온다'라는 말을 잊을 것." 나는 잤다. 탑에 폭파 예고가 있던 밤에도 잤다. 사라 마키나 아키텍츠에 폭발 예고가 있던 밤에도 잤다. 마키나 사라 개인에게 살인 예고가 있던 밤, 모르는 남자에게 미행당한 밤, 면전에 대고 "죽어라"라는 말을 들은 밤에도 정확히 여덟 시간을 숙면했다. 단순한 말에 저항하려면 먼저 반론을 생각하기 전에 무슨 일이 있어도 푹 자야만 한다.

다른 어떤 잠보다도 나는 완벽하게 잘 수 있다. 잠든 나는 신비로 가득찬 심해에서 살랑이는 말미잘이다. 내가 말미잘임을 증명할 순 없다. 말미잘인 나를 본 적이 없다. 그러므로 이렇게 말하는 건 말미잘에 대한 배려가 부족한 것일 수도 있으니 말미잘이 불만을 제기한다면 나는 사과해야 한다. 하지만 물속에서 한들한들 물살에 휩쓸리는 대로 눈앞에 떠다니는 플랑크톤을 흡수하며 조용히 살아가는 생물을 비유할 때 말미잘이 아닌 존재를 이용하는 건 이 세상에서 사십일 년간 마키나 사라로 살아온 사람으로서 선택할 수 없는 일이다. 정정 따위는 하지 않는다. 말미잘은 꿈도 꾸지 않는다. 꾸었더라도 전혀 기억하지 못한다. 마키나 사라는 하루 중 여덟 시간을 의식 없는 말미잘로 살아간다. 만약 누군가가 내 전기를 쓴다면 이 사실을 절대로 생략해서는 안 된다. '말미잘'이 검열 대상이 된다면 마키나 사라의 전기 따위는 앞으로 영원히 발표될 수 없다.

여덟 시간 후, 깨어날 시간이 다가온다. 내 몸은 태양을 향해 뻗어간다. 빛을 찾아 지상으로 힘차게 나아가고, 물속과는 환경도 법칙도 완전히 다른 곳으로 이동한다. 육상생물의 의식이 싹트기 시작한다. 이윽고 수면에서 얼굴을 내미듯 눈을 뜬다. 이 세계가 물로만 이뤄진 게 아니었다는 사실을 그 시점에 처음으로 깨닫는다. 목적도 없고 의지도 없이 그저 물속을 한들한들 떠다니는 것들로만 현실이 구성되어 있는 게 아니다. 그래, 나에게는 목적이 있고 의지가 있다. 그렇기에 육지로 올라올 수 있었다. 그리고 내 눈이 육지의 형태를 포착하고 손이 육지의 질감을 포착했을 때, 현실이 나에 의해 포착되기를 기다리고 있었음을 느낀다. 착각이든 과대망상이든 상관없다. 물속에서 나온 일을 육지의 규칙과 물리법칙에 따라 살아가는 사람들에게 축복받고 있다. 동시에 나는 내가 그저 우연으로 태어난, 아무 필연성도 목적도 의지도 없는 나약한 생명체임을 알고 있다. 나는 나의 나약함을 안다. 원래라면 나는 거기서 아무것도 하지 않아도 된다. 아무것도 하지 않아도 누군가에게 불만을 들을 이유가 없다. 나는 인간에게 쓸모 있기 위해 개발된 기계가 아니다. 그곳에서 열심히 걷고, 말을 배우고, 돈을 벌어야 할 의무 따위는 없다. 행복해지는 것도 불행해지는 것도 내 마음대로다.

하지만 그렇기 때문에, 즉 아무 약속도 없기 때문에 나는 나를 애타게 기다리고 축복해주는 새로운 세상의 기대에 부응하고 싶다. 그곳에서 우연히 얻은 힘의 전부를 그곳에 사는 사람들을 위해 쏟아붓고 싶다는 욕망이 강하게 인다. 왜일까? 딱히 이유 같은 건 없다. 무언가 특별한 이유가 있어서 수식을 풀 수 있는 것도 아니다. 어떻게 그리 어려운 수식을 풀 수 있는 거냐고, 어릴 때는 어른들이 나를 상당히 신기하게 여겼다. 왜냐고 물어본들 풀리니까 푸는 거라고 말할 수밖에. 알 수 있으니까, 보이니까. 다행인지 불행인지 나는 그렇게 태어났다. 아니, 다행도 불행도 아니었다. 그저 그것이 마키나 사라였다. 원하는 것을 전부 갖췄고 모든 것을 손에 넣을 수 있을 듯한 이 땅에서 아직 무언가 부족함을 느낀다. 마키나 사라는 그것을 안다. 그 무언가를 만들기 위해 육지에서 주어진 3분의 2의 시간을 제대로 쓰겠다고 다짐한다. 이것이 마키나 사라의 수면과 각성이다. 마키나 사라 말고는 누구도 수정할 수 없는 마키나 사라의 수면과 각성.

다짐대로 아침 몇 시간은 자신이 해야 하는 정보 수집에 집중하고 정오에 로비로 내려왔다. 생각해보니 얼굴을 맞대고 사람과 얘기를 나눈 게 반년 전의 일이다. 무작정 도호쿠

지방을 여행하던 중 이름 모를 시골 역의 미용실인지 이발소인지, 주인이 돌아가시면 그대로 곧 문을 닫을 것 같은 가게에서 머리를 잘랐다. 그곳에서 떨리는 손으로 가위를 들고 커트하는 데만 삼십 분이 걸리는 할머니와 얘기를 나눴다. 요즘 초등학생 증손자들 사이에서 '동정탑 가기'라는 말이 유행한다고 할머니는 말했다. 자신이 머리를 자르고 있는 여자가 탑의 설계자인 줄도 모르고 꺼낸 화제였겠지만 나는 평정심을 유지하려고 애쓰며 거울 너머로 맞장구를 쳤다. 어제도 증손자가 그러더라고, 할머니는 동정탑 간다고. 그래요? 그게 좋은 의미인가요, 나쁜 의미인가요? 난 몰라, 요즘 애들이 무슨 생각을 하는지 알 수 있어야지. 그렇군요. 그런데 실제로는 어떠세요? 동정탑 같은 데 관심 있으세요? 집세는 무료인 모양이에요, 실내 수영장도 있고. 관심 없어. 그렇게 큰 건물에 일주일만 살아도 머리가 미쳐버릴 거야. 그래요, 머리가 미쳐버릴까요? 응, 미치광이가 될 거야. 미치광이요? 그래, 미치광이. 미치광이. 미치광이.

혹시나 하는 마음에 선글라스를 썼지만 로비에 손님은 한 명도 없고 프런트 직원이 나에게 눈인사를 할 뿐이다. 맥스 클라인이 어떤 사람인지 이름을 검색해보지 않았고 그가 쓴 기사도 읽지 않았다. 다쿠토한테 '본국에서 인종차별주의자로 취급받는 미국인 저널리스트'라고만 소개받았다. "가끔은 살아 있는 사람과 말하지 않으면 노이로제에 걸린다"라는 그의 배려에 귀기울여봤지만, 솔직히 말해서 그다지 설레는 이벤트가 아니라 이대로 상대방이 약속을 파기해주면 좋겠다고 생각하며 소파에 몸을 묻는다.

"Ms. Machina(마키나 씨)?"

목소리가 들리는 쪽으로 시선을 돌리자 세상에서 차지하는 전용면적이 큰―한마디로 비만인―백인이 한 손을 올리고 호텔 로비로 막 들어온다.

"It's so insanely hot. I can't believe they actually held the Olympics in this city(정말이지 미치게 덥네. 실제로 이런 도시에서 올림픽을 개최했다는 게 믿기지 않는군)."

"Oh, I'm so sorry. Well, it's not my fault(미안해. 그렇지만 내 잘못이 아닌걸)." 나는 자리에서 일어서며 말했다. 도쿄의 폭염에 대한 불만을 들으면 어째서 늘 사과하게 되는 걸까. 밖에 거센 비가 내려 불볕더위일 때보다는 훨씬 낫겠지만 그럼에도 확실히 덥다.

카레라도 먹고 온 건지, 본래 체취인 건지 맥스에게서는 커민, 계피, 땀, 비, 베리 계열의 향수가 뒤섞인 냄새가 났다. 나라면 절대 고르지 않을 향수다. 그곳에 타인이 있다는 명백한 사실을 공기 속에서 확인한다.

"영어로 인터뷰를 하겠다고 들었는데, 통역은 필요 없어?"

"응, 뉴욕의 사무실에서 십 년간 일했어서 괜찮아. 사라라고 불러." 나는 선글라스를 내렸다가 그의 푸른 눈동자를 바라보고 곧장 다시 올렸다. "미리 얘기 못했는데, 인터뷰는 내가 묵는 방에서 할게. 그래도 괜찮지? 다른 장소에서는 말하지 않을 거야."

"물론이지. 아무튼 만나서 영광이야, 사라."

그가 악수를 청하는 손길에 나는 응한다. 냉방이 잘되는 방에 있던 나와 체온이 5도 정도 차이 난다. 맥스의 손에 난 땀이 내 손으로 옮겨온다.

"오늘 아침에도 도쿄도 동정탑을 보고 왔어. 정말 멋져.

그렇게 아름다운 건축물은 본 적이 없어."

"다들 그렇게 말해. 너무 아름답게 만들었다고." 나는 지겹다는 듯 대답한다. 정말 지겹게 들었던 감상이다. "그보다. 일본어 발음이 좋네? 도쿄토 도조토. 발음이 좋아."

"고마워. 도쿄토 도조토, 좋은 이름이야. 해리포터의 주문처럼 나도 모르게 말하고 싶어져. 당신이 퍼뜨린 이름이지?"

"응. 퍼뜨린 건 나고, 생각한 사람은 다쿠토. 그 탑의 최대 성과물."

엘리베이터를 타고 올라가 12층의 방으로 맥스를 들인 후나는 제일 먼저 손을 씻으러 갔다. "당신도 손 좀 씻겠어?"하고 말하자 그는 순식간에 "아, 그렇지" 하고 납득하며 욕실로 들어가 핸드워시를 집요할 정도로 눌러댔다.

"혹시 나한테서 냄새나? 일본인과 사귀었을 때 체취가 심하다는 말을 자주 들었거든."

"그러게. 그래도 뭐 허용할 수 있는 범위야. 지금은 손만 씻어주면 괜찮으니까."

"일본인은 타인의 체취에 너무 관대하지 못한 거 아닌가?

실은 나오미에게도 교코에게도 내 체취 때문에 차였거든. 내가 불쾌하다면 미안해."

"미안할 것까진 아니야. 도쿄의 습도 때문이지."

정성껏 손을 씻어주는 맥스에게 좋은 인상을 느껴 냉장고에서 맥주를 꺼내 권한다. 잔에 따라서 건배한 뒤 그는 작은 책상에 휴대용 녹음기를 놓고 그 옆에는 탑에서 발행하는 무료 신문을 놓았다. 심퍼시 레터 여름호, 문화 활동 특집. 표지에는 호모 미세라빌리스로 보이는 남자가 도쿄의 야경을 배경으로 어쿠스틱 기타를 연주하는 모습을 흐린 초점으로 처리한 사진이 실렸다. 탑 안에 음악 서클 활동이 활발하다고 다쿠토에게 들었던 게 생각난다.

"내가 호텔에서 생활하고 있다는 건 기사로 써도 상관없어." 나는 말한다. "세간에서는 마사키 세토처럼 살해당했거나 어디선가 혼자 객사했을 거라고 생각하겠지만 일단 내가 살아 있다는 건 알려도 괜찮아. 하지만 도쿄 시내의 호텔에 있다거나, 창밖으로 동정탑이 보인다거나, 장소를 특정할 수 있는 정보는 쓰지 마. 호텔에 폐를 끼치니까. 그것 말고는 뭐든지 써."

"알았어. 사라 마키나와 접촉한 것만으로도 큰 특종이야. 위험에 처할 만한 내용은 절대 쓰지 않을게." 맥스는 녹음기의 스위치를 켰다.

"사라. 맨 먼저 묻고 싶은 게 있는데, 지금은 건축 일과 아예 인연을 끊었다고 이해해도 될까? 동정탑 이후로 건축에는 전혀 관여하지 않는 거야? 몇 년 전에 사무실을 닫은 뒤 외부에 모습을 드러내지 않는 건 역시 타워 건설에 반대하는 극단주의자들로부터 몸을 보호하기 위해서?"

"참, 질문에 답하기 전에 한 가지 조건이 더 있어."

나는 창밖의 국립경기장 지붕을 바라보며 말했다. 사정없이 쏟아지는 비를 계속 맞다보니 용골아치의 웅장한 위엄도 역시나 반감됐다. 자신의 체중을 지탱하지 못하고 힘이 다한, 누구도 도와줄 수 없는 비참한 생명체로도 보인다.

"기사에 내가 드로잉과 건축의 차이에 대해 설명하는 부분을 넣으면 좋겠어. 이번 기사와 무관하고 불필요하다고 생각할지도 모르지만 꼭 넣어줘.

저는 회화 제작에는 관심이 없어요. 제 드로잉은 건축 구상을 위한 아이디어 발상에 지나지 않습니다. 포르노만 보고 '여자를 알았다'고 만족하길 바라지 않아요. 저는 어디까지나 실제 손으로 만지고 드나들 수 있는 현실의 여자가 되고 싶다는 뜻입니다. 내가 구축한 것 안에 타인이 드나든다는 감각이 제게는 최고로 기분좋은 일이에요.

이게 마키나 사라의 드로잉과 건축에 대한 기본적인 생각이야. 부적절한 표현이 있더라도 편집하지 말고 그대로 실어줄 수 있어? 아주 중요한 거라서."

맥스는 턱에 손을 괴고 말없이 내 시선의 끝을 쫓듯 경기장 지붕을 바라보며 감탄의 한숨을 내쉬더니 다시 조용히 입을 열었다.

"지금 한 얘기를 그대로 싣는 건 물론 상관없어. 다만 독자들의 오해를 사지 않도록 확인해두고 싶은데…… 내가 건축에 무지한 탓에 멍청하고 수준 낮은 질문을 하는 걸지도 모르겠지만, 그러니까 그 말은 사라에게 드로잉이란 포르노이고 건축은 메이크 러브, 라고 이해하면 될까?"

"아까 내 설명에서 무엇을 읽어낼지는 당신의 자유야. 건축은 메이크 러브? 그게 수십 년간 맥스 클라인의 인생에서 얻은 맥스 클라인의 어휘로 탄생한 이미지인 거지? 그에 관해선 사라 마키나든 누구든 간섭할 권리는 없어."

"그래도 만약 있는 그대로를 기사로 쓴다면 명백하게 오해를 불러일으킬 것 같은데."

"맥스. 나에게는 이해와 오해가 크게 다르지 않은 것 같아. 내가 최근 몇 년간 얼굴도 모르는 사람한테서 '죽어라'라는 말을 듣고 있는 거 알아? '사회를 혼란스럽게 만든 마녀는 죽어라'라고."

"알아. 나도 날마다 돼지 새끼부터 똥 이하의 욕이 담긴 메일을 받아. 하지만 인터넷에 숨어서 살해 예고밖에 할 줄 모르는 불쌍한 혐오중독 바퀴벌레에게 겁낼 필요는 없어."

"물론이지. 그래도 매일같이 '죽어라'라는 말을 들은 덕에 한 가지 알게 된 게 있어. 세상에는 '죽어라'라는 말을 듣고 심장에 칼날이 꽂히는 감각을 느끼는 사람도 있고, 단순히 동사+명령형이라고 처리하는 인간도 있다는 거야. 짧은 인생인데 좀더 의미 있는 말을 쓰면 좋을 텐데, 하고 혐오중독자를 진심으로 동정하는 사람도 있지. '말言葉'이라는 단어를 듣고 나뭇잎이 바스락거리는 소리를 듣는 사람도 있고, 무음의 텍스트 데이터로 '말'을 다룰 수 있는 사람도 있을 거야. 나는 그 모두여야 한다고 생각하는 사람이지만 그러려면 어쨌든 몸이 부족해. 당신도 그렇지 않아? 그런 우리가 말을 통해 진정 무언가를 서로 이해할 수 있을 거란 생각은 하지 않는 편이 좋아. 나와 맥스의 귀를 바꿀 수 있다면 얘기는 다르겠지만. '손을 씻어'라고 말했을 때 손을 씻어준다면 난 불만은 없어."

"그렇구나." 그는 대답과 다르게 딱히 납득하지 못했다는 표정으로 고개를 끄덕이며 손등의 굵은 털을 쓰다듬는다.

"조금 전의 질문인데" 하고 나는 얘기를 되돌린다. "지금은 전혀 건축 일을 의뢰받지 않고 있어. 앞으로도 받을 생각은 없고. 나는 더이상 그럴 자격이 없으니까……"

"젠장, 믿을 수 없어! 당신은 그저 빌어먹을 최고의 타워를 설계한 것뿐이잖아! 이렇게 세간의 눈을 피해 범죄자처럼 생활해선 안 된다고. 당당하게 건축의 세계로 돌아가야 해."

두 팔을 활짝 벌리고 눈을 동그랗게 뜨며 미국인 특유의 리액션을 취하는 맥스를 보며 나는 같은 시간과 공간을 타인과 공유하고 있다는 사실에 순수한 기쁨을 느낀다. 다쿠토가 말한 대로 분명 나는 살아 있는 사람과 가벼운 대화를 나눌 필요가 있었던 것 같다. 해리포터의 주문을 외울 필요도 없이 타인의 행동에 어떤 영향을 주는 말을 하는 상황에 기분이 좋다. 하지만 그가 과장된 손짓으로 움직이면 바람이 일고 생리적으로 불쾌한 냄새가 코끝으로 날아와 순간 호흡이 얕아진다.

"만약 우리의 코를 교환할 수 있다면" 하고 말하려는 찰나 내 안의 검열관이 오랜만에 깨어난다. 검열관은 경고음을 울리고 "아무리 농담이라도 타인의 체취를 언급해선 안 돼"라고 말하는 듯했다. 내 말을 제지하려는 검열관에게 나는 재빨리 머릿속으로 대답한다—그런데 이 미국인은 어쩌면 코와 후각을 타인과 교환하는 방법을 알고 있을지도 몰라. 실제로 맥스와 내가 서로의 코를 교환해 일본인 여성의 후각이 어떤 것인지 그가 경험을 통해 학습할 수 있다면, 향후에는 일본인 여성과 장기적이고 양호한 관계를 맺을 수 있어 그의 행복에 공헌할 터.

검열관은 납득했다는 듯 입을 다물었다. 그리고 나는 말했다.

"만약 우리의 코를 교환할 수 있다면 몇 가지 문제가 동시에 쉽게 해결될 텐데."

인터뷰는 두 시간 정도로 끝났다. 손님이 나간 뒤, 타인의 체취가 끈질기게 남아 있는 방에서 나는 일에 몰두하기 전 필라테스로 시작해 만트라로 끝나는 루틴을 수행했다. 호흡을 가다듬고, 직전까지 방안에 떠돌던 질문과 대답을 하나하나 재생시키고, 그것을 머릿속에서 일본어로 번역해나갔다. ……나는 도쿄도 동정탑을 건설한 것을 후회하고 있다. ……나는 나약한 인간이고, 나의 나약함을 알고 있었지만 욕망을 통제할 수 없었다. ……나 자신이 진심으로 동의하지 않는 프로젝트에는 협력하지 말았어야 했다. ……나는 인류의 평화나 인간의 존엄에는 관심이 없었다. ……그러나 그 일을 다른 누구에게도 양보하고 싶지 않았다. ……자신의 마음을 말로 속인 것이 모든 실수의 근본적 원인이다. ……그런 의미에서 나는 사회로부터 비난받아 마땅한 인간이다. ……따라서 나는 앞으로 외부에서 요청하는 일을 맡지 않겠다. ……언젠가 다시 건축을 하는 날이 온다면 그건 온전히 마키나 사라의 투자에 의한 건축, 온전히 마키나 사라의 의지에 따른 건축이어야 한다.

언어를 바꿔도 모두 같은 의미의 답변이 될지 검산하면서 그 답변에 마키나 사라 이외의 의지가 관련되지 않았는지 검증한다. 만약 관련됐다면 누구의 의지가, 어떤 목적으로, 마키나 사라에게 그렇게 말하게 한 걸까? 생각의 한계가 오면 AI-built에 질문하고 돌아온 답변에 다시 질문을 던진다. 그렇게 질문과 답변을 주거니 받거니 하는 사이에 날이 저물었다. 시야 끝에서 국립경기장과 도쿄도 동정탑의 조명이 동시에 켜진다. 그렇게 되도록 설계했고, 그게 내가 공모전에서 당선된 이유이므로 당연하지만, 두 거대한 건축물은 완전한 조화를 이룬 채 친밀한 대화라도 나누고 있는 듯하다.

둘의 속삭임을 듣고 있자니 내가 이 세상에서 사십일 년이나 살아온 여자라는 사실이 문득 믿기지 않는다. 열네 살 수학 소녀였던 시절부터 줄곧 같은 일을 반복하고 있는 듯한 기분이 들어 견딜 수 없다. 영원히, 질문과 답변을 주고받으며 내일이 오지 않을 것처럼, 뱉자마자 파도가 휩쓸어가는 듯한 말을 계속 쌓고 있는 것 같다. 파도가 밀려오는 시간도 파도의 크기도 내가 결정할 수 없는데 대체 무엇을 하고 있는 걸까? 누구를 위해, 무엇을 위해, 마키나 사라에게 말을 익히게 하는 걸까? 나는 갑자기 피로감을 느껴 컴퓨터를 끄고 뇌의 전원 스위치도 내린다. 그리고 바짝바짝 마른 목구멍과 텅 빈 위장이 현재 무엇을 흘려넣어주기를 바라는지 그들의 소망에만 귀기울인다.

호텔에서 걸어서 이십 분 정도 떨어진 아오야마의 카레집에서 수제맥주 두 잔을 마시고 비프 카레와 카레빵을 먹은 뒤 왔던 길을 되돌아간다. 아침부터 계속 내리던 비는 더욱 거세졌고 우산도 쓸 수 없을 만큼 바람이 휘몰아쳤다. 메이지신궁 외원의 녹음 속을 걷는 사람은 나뿐이다. 쓰고 있던 모자도 선글라스도 벗는다. 도쿄 전체가 꿈처럼 하얗게 흐릿해지는 시야에 둔중한 하늘을 둘로 나누는 탑만이 현실의 대지에 확실히 접지한 것처럼 비친다. 이렇게 높았나? 남의 일처럼 생각하면서도 건축물의 완성도에 눈을 뗄 수 없다. 하늘을 뚫을 기세로 뻗어나가는 꼭대기는 인간에게 전모를 드러내기엔 아직 이르다고 말하고 싶어하는 자존심 센 비밀주의자처럼 고집스럽게 비구름 속에 몸을 숨기고 있다. 아래 층부터 위층까지 규칙적으로 배치된 창문에서 새어나오는 LED 조명이 선명하게 시야를 압도한다. 탑이라는 건축의 형태와 질감을 생각할 때 내가 추구하는 정답에 한없이 가까운 광경이다. 그럼에도 나는 만족하지 않는다. 만족하지 않는다고 어렴풋이 감지하고 있는 사실을 한번 말로 표현하고 나면 다시는 되돌릴 수 없다. 저 탑이 국립경기장이라는 물음에 대한 완벽한 답인 건 틀림없다. 그러나 그 정답 속에는 또다른 질문이 포함되어 있는 것 같다. 아직 아무도 상상하지 못할 뿐, 이 도시에는 아직 이뤄져야 할 건축이 있다. 어떤 건축일까? 형상은? 구조는? 그 안에 담을 사상은? 명칭은? 그리고 저 탑도 하나의 질문이라면 그 답을 준비할 수 있는 사람은 나 말고 아무도 없다.

발길 닿는 대로 걸었더니 동정문 앞에 다다랐다. 하지만 외원을 둘러싼 울타리가 예전의 녹슨 철책에서 벌레 한 마리 통과할 수 없이 빈틈없는 콘크리트로 바뀌어 몰래 잠입하는 게 일단 불가능했다. 그전에 우비를 입은 수십 명의 경찰과 경비원들이 문 주변에 서서 밖을 엄중하게 감시했다. 이날

마침 탑 안에서 소란이라도 있었던 건지, 아니면 지긋지긋한 폭파 예고가 또 있었던 건지, 그것도 아니면 이 삼엄한 경비는 별로 특별할 것 없는 평소의 풍경인 걸까. 다쿠토에게 전화하면 직원증을 가지고 문 앞으로 마중나와 나를 안으로 들어갈 수 있게 해줄지도 모른다. 그런 낙관적인 생각으로 스마트폰을 꺼내 그에게 연락했다.

"다쿠토?"

"마키나 씨?"

"응. 오늘 맥스 클라인을 만났어. 외원 앞 호텔에서."

"아, 오늘이었지?"

21세기가 되고 삼십 년이 흘러도, AI에게 대부분의 일을 빼앗겨도, 기계를 통한 인간의 목소리는 언제까지나 기계를 통한 인간의 목소리 그대로라 체온이 없다. AI에게 인간의 말을 하게 하는 기술보다 살아 있는 인간의 목소리를 그 숨결 통째로 원격 생성하는 기술에 더 수요가 있지 않을까? 기계 너머의 목소리를 들으며 불현듯 떠오른 신기술이 가져올 경제효과를 대충 계산해본다.

"지금 그 호텔에 묵고 있어? 1층에 레스토랑이 있는……

마키나 씨의 죽은 사촌 남동생과 똑 닮은 웨이터가 있는……"

"맞아. 이제 그애는 일하지 않지만……" 나는 말하면서 먼 하늘을 바라보며 탑의 꼭대기가 닿아 있을 두툼한 구름 한 점을 응시한다. "실은 지금 네가 사는 집 앞에 우산도 없이 서 있어. 바람이 심해서 쓰러질 것 같아. 불쌍하지? 그런데 문 주변에 경비원이 많아서 네 집에 들어갈 수가 없어."

"당연히 못 들어오지. 예전과 달라." 다쿠토의 웃음소리를 기계가 깨끗하게 들려준다. 나와 달리 그는 매우 조용한 곳에 있는 모양이다.

"항상 이렇게 경비원이 많아? 경찰까지 있는 것 같아."

"경찰?"

"응. 동정문 주변에만 서른 명은 있지 않아?"

"그래? 글쎄. 보통은 그렇게 많지 않은 듯한데, 무슨 일이 있었나본데, 오늘 비번이라 모르겠어."

"폭파 예고가 있었던 거 아닌가? 만약 그러면 다쿠토가 탑 안의 사람들을 대피시키는 거야?"

"그렇지, 가이드라인을 따라서 대피시켜. 진짜인지 장난인지 확인하고 나서."

"예고가 진짜라는 걸 알면?"

"일시적으로 국립경기장에 전원을 이송해. 피난 훈련도 하고 있고."

"그렇구나. 그렇다면 안심이네. ……지금 뭐하고 있었어?"

"전기를 쓰고 있었어. 건축가 여인의."

"전기?" 나는 되물었다. "그거, 진심으로 말한 거였어?"

"진심이지. 하지만 긴 글을 써본 적이 없어 고생중이야. 전혀 진도가 안 나가네…… 아무래도 상관없는 나에 대해서만 쓰게 돼."

"네가 아는 건축가의 에피소드를 적당히 입력해서 '전기다운 문장으로 해줘' 하고 AI-built에게 의뢰하면 되잖아."

"물론 여러 번 했지. 하지만 내 눈을 통해 본 건축가 여인에 대해 쓰는 게 아니면 제대로 된 전기문이 아닌 것 같아. 잘은 모르겠지만, 절대 '아니'라며 몸이 거부하고 있어. 내 안에 사는 검열관이 그건 전기가 아니라 그냥 글이라고 말해. 형태와 질감이 없는, 그냥 빌어먹을 글, 퍽킹 텍스트라고."

"퍽킹 텍스트? 내 안의 다쿠토는 그런 더러운 말을 쓰는 애가 아닌데."

"맥스의 말버릇이 옮았어, 전염성이 굉장하네. 그는 거의 공해, 병원균이야."

"네가 너무 깨끗한 거야." 다쿠토의 몸에 밴 청결한 비누 향을 떠올리며 나는 말했다. "저기, 지금 잠깐 이쪽으로 올 수 있어? 퍽킹 텍스트가 아닌 글, 다쿠토 손에서 나온 글을 읽고 싶은데."

"아쉽네. 가고 싶은데 이제부터 야간근무야. 타워 순찰을 해야 해. 내일 일곱시에 그쪽 로비로 갈 테니까 밑에 있는 식당에서 같이 아침이라도 먹자."

"일곱시면 아직 자고 있을 시간이야. 일곱시 반은 어때?"

"좋아, 일곱시 반."

"있지, 엄마는 잘 지내셔?"

"잘 지내는지 어떤지는 모르겠지만, 지금쯤이면 탑 어딘가에서 푹 주무시고 계실 거야."

"다행이다, 그럼 내일 만나."

"내일 봐, 아침 일곱시 반."

전화를 끊고도 그 자리를 떠날 마음이 들지 않아 얼굴을 적시며 탑을 올려다본다. 물에 잠겨가는 머릿속으로 예전에 직접 그린 설계도를 떠올리며, 탑의 곡선형 회랑을 걷는 아름다운 형상의 남자를 상상한다. 그러자 극도로 기분이 좋아져 나도 모르게 눈을 감는다. 이미 나는 더이상 무언가의 외부에도 내부에도 존재하지 않는다. 나 자신이 외부와 내부를 형성하는 건축이며, 현실의 삶이든 감정이든 개개인의 삶을 지닌 인간들이 나를 드나든다.

한없이 확대되는 쾌락에 몸을 맡기고 있으니 그것이 다가올 것을 알았다. 탑의 미래의 환시. 그 미래가 내 망막에 끝없이 모습을 드러냈다. 하지만 지극히 상투적인 미래였다. 설령 건축가가 아니어도, 거대 건축을 설계해본 적이 없어도, 어떤 인간이든 예측할 수 있는 당연한 미래—도쿄도 동정탑이 무너지는 미래. 그건 일 분 뒤에 찾아올 수도 있고, 백 년 뒤에 찾아올지도 모른다. 어느 쪽이든 탑은 무너진다. 모든 건축은 무너질 것이고, 무너질 것을 전제로 지어진다. 모든 인간이 죽음을 전제로 태어나는 것처럼. 탑은 온갖 방식으로 무너지거나 파괴될 수 있다. 지구 표면을 덮고 있는 판에 변형이 생겨 발밑에서 무너질 수도 있다. 큰 비행물체가 수평으로 충돌해 중심부에서 파괴될 수도 있다. 하늘에서 낙하하는 무기로 위에서 짓눌릴 수도 있다. 혹은 천상에서 내려오는 손짓 한 번으로……

미리 약속된 탑의 미래를 머릿속에 그리는 한편, 나는 내 두 다리가 땅을 딛고 몸이 하늘을 향해 수직으로 서 있는 것도 느낀다. 그리고 내 사고는 만약 이대로 여기서 눈을 감고 계속 서 있으면 이 몸은 어떻게 쓰러질까, 하고 예상하기 시작한다. 어쩌면 세차게 휘몰아치는 바람이 나를 쓰러뜨릴 것이다. 끝없이 내리는 비가 나를 흠뻑 적셔 쓰러뜨릴 것이다. 비가 그치고 한여름 도쿄의 태양이 나를 태워버릴지도 모른다. 내가 방해된다고 생각하는 사람들이 찾아와 나를 때려눕힐 것이다. 나보다 힘이 센 남자가 나를 덮치려고 이 몸을 밀어 쓰러뜨릴 것이다. 아니면 체력의 한계에 의해 스스로 쓰러진다. 나는 정말로 쓰러질 때까지 눈을 감고 있을까 싶다. 머릿속 상상과 머리 밖 현실의 답을 맞춰보고 싶다.

그러나 그때, 내 눈꺼풀의 어둠 속에서 전혀 새로운 미래가 보인다.

　나는 쓰러지지 않는다. 나는 이대로 계속 서 있다.

　눈을 감고 이곳에 서 있는 내 곁으로 마침 한 남자가 지나
간다. 남자는 이 여자를 영원히 서 있게 해야겠다고 생각한
다. 왜 그가 비정상이라 할 만한 생각에 이르렀는지는 알 수
없다. 남자는 마키나 사라를 증오했고, 나를 계속 서 있게 함
으로써 이 도시의 사람들에게 본보기로 삼고 싶은 걸지도 모
른다. 아니면 그저 여자를 세워두고 싶다는 부조리한 욕구를
가진 남자일지도. 하지만 1400만 명이나 사는 도시에 한 명
쯤 그런 말이 안 되는 생각을 하는 인간이 있어도 전혀 이상
하진 않다. 기자의 피라미드도 파르테논 신전도, 모두가 납
득할 수 있는 정당한 이유로 지어진 건축물은 아니다. 실제
존재하는지도 모르는 신들을 위해 왜 막대한 시간과 자원을
들여야 하는지 의아한 사람들도 있었을 것이다. 먼 미래의
논리로 말하자면 모든 건축은 어리석은 파괴라고 할 수도 있
다. 국립경기장도 도쿄도 동정탑도, 어떤 측면에서 보면 도
리에 어긋나는, 세워서는 안 되는, 언빌트여야 했던 건축이
다. 인간이 태어나는 일에 그럴싸한 이유를 붙일 필요가 없

듯, 본래 건축물을 짓기 위한 말을 굳이 만들어낼 필요도 없을 것이다.

나를 세워두어야 한다고 생각한 그 남자는 내 주위에 형틀을 만들어 머리 위에서부터 생 콘크리트를 부어넣는 방법을 떠올린다. 그렇게 나를 세워둔 채 이 단단한 지면 위에 존재 자체를 굳혀버린다. 비바람에도 꿈쩍하지 않는 견고한 지반 위에 내가 계속 서 있는 것이다. 있을 수 없는 일은 아니다. 말로 표현되는 시점에서 충분히 현실화 가능성을 품고 있다. 무엇보다 그건 아직 보지 못한 미래의 어휘 속에서 일어나는 사건이다. 우연히도 그 남자는 건축기술뿐 아니라 조각에도 재능이 있어 내가 완전히 굳기 전 본래의 내 모습으로 콘크리트를 다시 조소해 마키나 사라의 동상을 만들어낸다. 하지만 눈을 감은 채로는 마키나 사라의 정신을 반영할 수 없고 그의 미의식에도 반하기에 내 안구를 실물과 똑같이 아름답게 만들어줄 것이다. 내 두 개의 안구는 계속 탑을 올려다보며 두 번 다시 아래를 향하지 않는다. 그리고 역사상 중요한 인물, 그 모습을 후세의 기억에 남겨둘 가치가 있는 위대한 인물에게 종종 그러하듯, 역시 내 발밑에도 '도쿄도 동정탑을 올려다보는 마키나 사라 동상'이라는 현판이 걸릴 것이다.

나쁘지 않은 건축 기법이다. 그대로 영원히 서 있어도 좋을 만큼.

이윽고 나를 둘러싼 사람들이 각자의 독백을 나에게 던진다. 그들은 저마다 나에게 어울리는 형용사를 주고 싶어한다. 그러나 그들이 무슨 말을 하는지 물론 나는 하나도 이해할 수 없다. 다만 나를 가리키는 그 손끝이 모두 하나같이 똑같은 말을 전하고 있음을 알 수 있을 뿐이다.

"이 사람을 보라Ecce homo."*

그런데 만약 그들의 독백에 대답하고 싶어지면 어떻게 하지? 이 도시를 걷고 싶어지면? 새롭게 지어야 할 건축 아이디어가 떠오르면 어떻게 해야 좋을까?

물음표가 끊임없이 내 안을 흠뻑 채워가며 기둥과 대들보를 적시는 바람에 나는 대답을 생각해야 했다. 계속 생각해야 한다. 언제까지? 실제로 내 몸이 지탱할 수 없을 때까지.

---

* 성경에서 본디오 빌라도가 예수를 채찍질하고 머리에 가시관을 씌운 뒤 성난 무리 앞에서 예수를 가리키며 한 말.

모든 말을 주입한 머리를 땅에 처박고, 하늘과 땅이 거꾸로 뒤집어지는 것을 볼 때까지.

지은이 **구단 리에**

1990년 일본 사이타마현 출생. 2021년 「나쁜 음악」으로 제126회 문학계신인상을 수상하며 데뷔했다. 『Schoolgirl』로 제73회 예술선장신인상, 『시를 쓰는 말』로 제45회 노마문예신인상, 『도쿄도 동정탑』으로 제170회 아쿠타가와상을 수상했다. 뛰어난 상상력을 인정받으며 소설의 가능성을 확장시켜나가는 작가로서 주목받고 있다.

옮긴이 **김영주**

상명대학교 일어교육과를 졸업하고 한국외국어대학교 대학원에서 일본 근현대문학으로 석사과정을 졸업했다. 옮긴 책으로 『낮술』(전3권) 『탱고 인 더 다크』 『엄마가 했어』 『신을 기다리고 있어』 『결국 왔구나』 등이 있다.

문학동네 세계문학

도쿄도 동정탑

초판 인쇄 2024년 7월 11일 | 초판 발행 2024년 7월 31일

지은이 구단 리에 | 옮긴이 김영주
기획·책임편집 고선향 | 편집 송영경
디자인 김문비 유현아 | 저작권 박지영 형소진 최은진 오서영
마케팅 정민호 서지화 한민아 이민경 안남영 왕지경 정경주 김수인 김혜원 김하연 김예진
브랜딩 함유지 함근아 박민재 김희숙 이송이 박다솔 조다현 정승민 배진성
제작 강신은 김동욱 이순호 | 제작처 한영문화사(인쇄) 경일제책사(제본)

펴낸곳 (주)문학동네 | 펴낸이 김소영
출판등록 1993년 10월 22일 제2003-000045호
주소 10881 경기도 파주시 회동길 210
전자우편 editor@munhak.com | 대표전화 031)955-8888 | 팩스 031)955-8855
문의전화 031)955-1927(마케팅), 031)955-1917(편집)
문학동네카페 http://cafe.naver.com/mhdn
인스타그램 @munhakdongne | 트위터 @munhakdongne
북클럽문학동네 http://bookclubmunhak.com

ISBN 979-11-416-0682-4 03830

www.munhak.com